停留在某个夜晚的声音

简福海 著

海峡出版发行集团
海峡文艺出版社

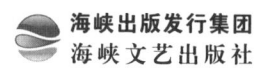

目录

第一辑　流年碎影

遍地风流/3

芫荽，有情有味/12

停留在某个夜晚的声音/18

抵达或终结/26

那时花开/33

浸润在绿色深处的时光/38

力气，越用越有/42

沙尘记/44

鞋上乾坤/49

母爱是一条回家的路/54

雨纷纷/57

第二辑　历史魅影

色彩坊巷/61

上下杭：泊在江边的恬梦/75

一座鼓满情的山岭/83

闽安：铁质一样的古镇/92

壳丘头：万里千年共一丘/100

闽江流过/106

触摸三坊七巷/111

走近牛牯扑/114

那光芒，永不黯淡/116

第三辑　乡村背影

泥土，梦想的来处/121

祠堂的背影/126

门/133

瓦片之下/145

二十四节气/149

恋恋土楼岁月/152

端午，端午/155

古道凉亭/157

菜干遐思/159

在乡间遗失一缸米酒/163

附　　录

简心作笔　张胜友/169

简笔不简　黄文山/172

多写一个情字　吴钧尧/174

简兄的加法　曾念长/177

笔墨是江南的初夏　陈美者/180

《简笔》短评/183

手握寸笔　不负流光/186

第一辑

流年碎影

遍地风流

一

黄昏里的乌山，宛如铺在尘世里的一截梦。

我站在半山腰的市直机关幼儿园里，夕阳的暮歌吟满山坡，苍绿的灌木，举着一蓬蓬薄亮的残照。矮矮的春光里，木棉花笑在高高的枝头，硕红妖娆，焰火燃烧，大朵大朵旋直坠落；夹竹桃仿佛少女佻丽的心事，在疏窗下开到荼靡。晚春里的余香，被和风的手抟成温婉的气息。此刻，满目静好，岁月微醺。

难得来接女儿，刚满四岁的孩子，也懂得表现她的意外和"谄媚"。她对同学说，这是我的爸爸！我的爸爸！她亢奋、骄傲，并一个劲地扯着我的衣角："爸爸，我带你去我学校的后山花园。"于是，我有机会在这样一个日落如凝的黄昏，站在孩子求学生涯的第一站，歆享这些不曾驻足流连的美景。

这山腰处辟出的平地，以滑梯、蹦床、跷跷板、梅花桩、铁索桥……这些结实而又忠实的器械，与孩子们的快乐指数，发生微妙而具体的关联。果真，孩子们像一群蜜蜂，喧喧嗡嗡地穿花拂柳，攀高爬低，杂乱却又充满生机。女儿坐在跷跷板的一端，远远地叫唤着同班一位男同学。机灵的男孩气喘吁吁地跑过来，却迟迟不敢坐到另一端。

女儿说，你是男孩子，这么胆小！怎么可以？怎么可以！

我惊讶并窃喜，为女儿的性别意识和毫不含糊的批判语气。刹那间，也明白她为什么常常质问我为什么不去接她，说我的单位与她的幼儿园距离这么近，挺容易的事。确实，我的单位和她的学校一字排开，肩并肩匍匐在乌山脚下。我上班的路与她上学的路是同一条轨迹，只不过，我还要再往前延伸200米，走起来是一个"顺"字，不必像别的家长为了接送小孩，刻意地七拐八绕以实现两点的连接。因此，这样的质问，独立，富有逻辑，而且理直气壮。我应该投去崇敬的目光。

她又叫了别的同学，隔壁班的，彼此面熟而互不知姓名。她要享受那一高一低、一来一回的快乐，必须厚着脸皮壮着胆子。我只在一旁静观。这个世界，谁也不能给谁救赎，何况，以后还有一张张各形各色的弓，将他们纷纷发射到社会，发射到某个竞技场，遭历各种慈爱或可怕的际遇，因此，这是一件必须由她自行完成的事情，不能与她抢。最后，她终于找到玩伴，靠自己的力量。一个词霍地涌上心头，"生长"——当我猛然意识到女儿的时间都去了她自己的成长里，幸福以水的姿势划过眼睑。

牵着女儿步行回家，她吵着要玩儿童泡泡机，不依不饶。她懂得美，却分不清真实与虚幻，一梭梭从泡筒里逃窜出来的肥皂泡，在微光中折射着七色炫彩，在还未遇到尖利的尘埃前，把世界膨曲到最亮美的弧度。她伸手接，一触手便破灭，始终抓不住，泪珠，断了线。她一本正经的伤痛，是不肯就范而竭力逃脱的肥皂泡留给她的纪念，同时也提醒着它难挡的魔力。肥皂泡这种"不给颜色看"的淘气，多像没心没肺的小伙伴乐此不疲地捉着迷藏。

路过高架桥，有人摆摊售卖香蕉。香蕉那鲜黄的色调和乌黑的斑点暗示着时间的丰富和庞杂，以及与时间相对的空间所刻下的或深或浅的印迹。它们一串串从树上被摘下，历经长途贩运，又在防空洞的黑暗密闭与催熟剂的协同运作后，才有与顾客见面的机会。女儿拉着我买，并指手画脚地说这串好那串不好，像评审专家似的。卖香蕉的大婶被逗得噗噗大笑，临走时还爽快地多塞给我们两根，诚恳盈面，不容辞拒。

沿着白马路，途经一家千层饼店，现烤现卖，下班时分，顾客很多，纷拥在柜台前。女儿执意要买，拖着我挤在人群里。轮到时，刚好售完。店家微笑着说：稍等一会，新烤的马上好了。那微笑浮着千层饼的香甜，让你不好意思掉头离去，于是，耐着性子候着。隔着当街玻璃幕墙，看到烤箱嗤嗤冒着热气，心旌摇荡。仿佛，一整条长街的空气都弥漫着葱香的气息。

一群鸟从白马河的树林子飞起，鸣叫着，盘旋一会，最后隐到高楼后深渊般的天空里了。忽然天黑。不知是暮色刮来了这群鸟，还是这群鸟扇起了暮色。依稀残留的天光里，浮起满目的灯火，街上穿梭着晚归抑或夜出的陌路人。远远的，是不知去向的车流，仓促，却规整。

晚风躲闪而来，轻轻悄悄，我手上紧紧牵住一个蹦蹦跳跳的孩子。回家去。

二

白天，常站在寓所的窗口张望。釉质亮白的天空下，是一带苍翠略有起伏的乌山；近些，参差的高楼，明净的黎明湖，突兀的商业大厦，乌山大院隐约的青黛屋脊；再近些，是一条叫不出名字的内河，河畔破旧的小区，沿河密植的榕树；眼皮底下，则是小区的围墙，墙角的电线杆和伸向远方的电线……它们作为风景的断片，以点线面的姿势排列漫延，占领临窗一面所有的空间。

——注定是小人物，对狭窄的生活空间密切关注。周围的事物，总是令我如此倾心，无法忽略。也许，这样的结果会阻碍更深刻的内心审视和更遥远的张望。然而，愿意。

　　内河敞阔，水色清碧，波流纡徐。这水是从白马河90°转身拐进来的。白马河是条生态河，因此，河水洁澈得有理有据。偶有撑篙人，顺着水流一路而下，打捞着漂浮的垃圾。流声，水色，移游速度，载舟能力，暗喻着它的深度。有深度的东西总是美好的，比如人。因此，我常常自惭形秽。为什么水流知道自己的去向，还这般不疾不徐？面对这流水，我会联系起自己读书的习惯——常常翻到前面四分之一或者更少，知道个梗概，便跳过中间许多章节，不管不顾地直奔结局。浅薄？浮躁？急利？是什么使我如此忙乱，席不暇暖？终究，我无法像眼前这道水，一路享受着生命悠游的过程，无法感知隐藏其中的起承转合。

　　河岸的榕树，彼此摩肩，或者对望。如果，树也有性格，那么榕树应是一种男人的树，不是因为这城市叫榕城，我才高夸它的。你看它那么发达深入的根系，那么浓密延展的树冠，一树撑天，群木成林，遍洒绿荫，讲究奉献，让路过的子民"暑不张盖"。这一切都达到了审美情趣和价值取向——它们把自己举成一把把打开着的伞！

　　靠在办公椅上，四肢慵倦。窗外的天空，积雨云愈积愈厚，稍加点风的重量，就承受不住了。哗啦啦，一种被自然之力击碎的声音，在我的耳朵四周闪烁，以液体的方式诞生，韵味悠悠——那是音乐！凝视着玻璃上溅跳变幻的雨痕花纹，心里没有抱怨，只有感恩。如此一场死心塌地的雨真是久违了，豆大的雨点打在花苞上，撑开梨涡浅笑；打在围墙的琉璃瓦上，于浅浅的瓦槽汇成瀑布，飞流直下；打在铝制车棚，唱出金属质地的歌声；打在路人的眉睫上，又仿佛伤心细小的珠泪……

　　探到窗前的榕叶也痛快淋漓地洗着澡，出浴之后显得那么舒坦美艳，叶片上面油油闪着绿，绿背面的灰也不见了踪迹，毫不羞涩地与我们赤裸相见。那通体的深绿，浓稠得仿佛都要溢出来了。

我决定下楼走走，为着雨后的清新。叶片，散落在小径上，它们与树枝的关系，就这样构成断裂、分离，姿态决绝，没有回头。一定是因为雨，离开云朵跳了下来，叶子愿意与这来自云朵的精灵一起沦落。太阳冲破云层，地面依然潮湿，从落叶上踏过，半是清凉半是凄凉。我放慢了脚步，一只蚂蚁蛰伏在某张叶子的边缘下，一个它自认为是隐秘而厚实的地方，偷偷地观望着世界。我等待它壮着胆子从叶子的阴面翻越上来曝晒太阳，久候却不见动静，按捺不住想把叶片整个掀转过来，替它实现到另一个光明温暖世界的迁移。伸出的手迟疑片刻，缩回，它的事情就让它自己去完成吧，毕竟生活的一半是倒霉，剩下的一半就是去处理倒霉。相信，它有办法应对的。

折回办公室，加班。天空下着夜色，沉静，安详。我敲下了最后一个字，一个公文里格式化的字，起身，沿着乌山脚下的单位出发。走在平坦的柏油路，有车声呼啸，车声过后听得出自己喀嚓作响的脚步声。路恹恹的，可能要睡了，而我是如此清醒。家在不远的远处，站在黎明桥，轻轻偏转着身子可以望见，隔着雾气溟迷的黎明湖，橘红色的一团，那是窗子温暖的轮廓。灯光总能突破黑暗的封锁，在遥远的地方悄悄传递着家人等候的信息。山河在，时光在，家在，亲人在，关爱在，也只有这一刻，才知内心有多温润。

转个弯，是西洋路的夜晚，躁动不安，烟火漫漫。两边的店面灯火辉煌，沿街挤满了各种特色大排档，旺火之上的铁镬，杂烩着一锅夜色。大排档挤满了各种人，各张桌子挤满各种声音，推杯换盏，哗声喧天。有福建医科大学的情侣，在喧嚣的人群，轻轻牵手走进后门，鲜艳的年龄火热的爱情。我依稀看见自己的前尘旧影，书香漫染的医大也是我的母校，他们算是师弟师妹吧，所以禁不住多瞟两眼，一边轻叹时光将青春掩埋，无声无息却又无法阻拦。

满街的嘈杂声中，三两位清洁工，艳黄的衣服荧光闪烁，拖着绿色垃圾车，辘辘而行。他们多是外地人，但对这个城市比我们有着更多的付出与融入。他们从属于自己的网格区，从四面八方一趟趟集拢着绿色垃圾桶，然后，通过垃圾转运车将累累如山的人类遗弃物送到一个叫红庙岭的地方。我读到了他们比那些所谓痛吃夜宵高声大叫的市民更深沉的爱——对生活负责，替社会担当。

月亮像一枚雪梨，守望着我们。我一会儿昂首望天，澄澈漫空；一会儿俯身看地，皎洁一片，心境也澄明了些。我就这样在路上轻易地捡到了一朵月光，我想与这些衣裳脏乱、内心干净的清洁工分享。我仰望天空，说今晚的月色真好！他们中的一位也抬了一下头，嗯了一声，不再言语，继续弯腰埋首向前拖动垃圾车。我尊敬这样的人，他们就像天上的月亮，心灵洁净，面目清朗。

拐进阴暗与迷离的肠子般的小巷，突然，有一只猫不知从哪个屋顶闪着蓝宝石般的眸子腾跃而过。我停了停，向它投以问候的目光，然后继续往前走，不期然又窜出一条狗乱吠一气。如此阒寂的僻巷，弥散着神出鬼没的味道，但我并不害怕，相反心生喜欢，认定猫狗以热烈的言行来呼应我的出现。一种生命群体与另一种生命群体的狭路相逢，在这样即将步入拐点的暗夜里，有点刻意却充满善意，自当感恩和珍惜。

三

晨光，瀑布似的流泻下来。我立在小区的围墙前，与丝瓜无言对视。依着那么破败萧瑟的矮墙，瓜葩绵绵，满是家族兴旺的气象。

围墙是由粗粝的红色砖块简易墁砌，高不盈两米，一副灰头土脸的模样，却楚河汉界般隔开内河与小区。清明前后，真有邻居顺着墙根安瓜点豆。因这久违的乡村味道，我的思念有了寄托，便时时留意它的成长。拱出了苗，发现是丝瓜，它是一株追求阳光的藤蔓，无论多么糟糕的事情发生，也不能阻止它对阳光、对美好世界的向往。那藤蔓蹿上去，延伸到两旁，长啊长扯不断，开了花结了瓜，一如某些恋人的旧情，打了绕了几千个结。

旁边搁了一口小缸，是某户人家二次装修时遗弃的。水略呈油腻状，估计有些时日了，不知何时滋长了青荷，清爽的田田新绿，猜不透最初的种子来自何处，但我更愿意相信是天上云朵的魂魄落在缸里了。

一边是藤萝密布，一边是亭亭两枝，遒劲和散逸交错，简淡与丛聚一体，宛若一幅精妙的书法作品。我知道这些瓜藤尽管如此繁荣，过了秋天也要枯死，与荷一样。我淡然地想着，没有悲喜。大自然里每个具物，终要殊途同归。萎了，凋了，败了，朽了，成为人生构图中的枯笔，到那时，也是气韵萧然，美艳依旧。何况，生命的翻折背后，未必不是来年苒苒萌动的春思。

我不知为什么有闲情去看去想这眼下三寸的世界，是因为好不容易盼来的休假吗？缓缓登上楼来，心胸豁然。对面，乌山上的幼儿园，照例放着音乐。因为学校在高处，又无什么遮挡和障碍，在清晨的时光，乐音清晰了然地穿越和抵达。音乐是轻快的曲子，多是儿童歌曲，却因为在固定的时间播放，便具有催促的象征意义。规律性的事物，往往能够上升为规定，形成规束力。这不，幼稚的女儿在一片蒙眬睡意中都能听出关己的紧迫。她从床上腾地跃起，马不停蹄地进行着洗漱、就餐、整装……

正要送小孩出门上学，门铃响了，是一位远房的亲戚造访。常有老乡或亲戚来城办事或看病，带来鸡蛋。一枚枚鸡蛋埋在谷壳里，跨过万水千山，鲜亮，完好，正如深埋地窖的时光，包裹着坚硬的外壳，不动声色，不惧不忧。女儿就这样承享着这些布满谷物清香和阳光温情的鸡蛋。女儿，与别的城里的孩子一样，与故乡失散了，与先前的亲人断线了。不过，幸运的是，她有陌生的东西来对照自己，与乡村的故事达成无声的触摸。凭着鸡蛋，这个有别于超市里盛装在定型盒子里标注着生产日期的鸡蛋，她的眼神不再迷茫淡漠。因为，她至少还明白俗世里牵丝盘藤的血脉亲情，还知道长得粗皮糙脸为她带来鸡蛋的那个人，可能是她乡下的姑姑或者远房的叔公。

这位亲戚以前来过，所以熟门熟路。她坐在沙发上，环顾了四周，调侃道："简单，你真能画，比上次画得更密了。"

"简单"可能过于简单，但却真是女儿的名字，上了户口簿的名字。名字无非是个符号，目的是区分和让人记住，可很多人翻遍字典，取了个过于生僻高雅的名字，令人惴惴于错念而迟疑张口，本末倒置，适得其反。我得意于女儿及她的名字。妻子和女儿，分别是生命中爱我的女人和我爱的女人。我一直在文章中反复写到女儿，在我眼里，她是一个精灵，我想我每写一次，都会加深这种感情。而且在这个世界，她与我之间，已是无法剥离的存在和关联，她是另一个我。每每想及此，心房有电流隐隐划过，矫情而又甜蜜。

女儿在墙壁、沙发、桌椅、衣柜、镜子……只要在她够得着的地方，画满了各种颜色的圈圈杠杠。雪白的墙壁，崭新的家具，我们偶尔也会心疼，但从不曾呵斥与阻拦，也从不曾将她留下的笔触自作主张地擦去。甚至，有时我们就静静地坐在旁边，看着她生机勃勃兴味盎然，轻轻地将笔拿起又轻轻按下。每个人都有各自独特的癖好和内心视像的，我想一定是这些物体的平整、干净、洁亮，激发和赋予了她丰富的想象，于是频频落笔。随她吧。何况，她想要的，喜欢的，爱的，与别的小孩没有什么不同。若干年后，我们的宽容和迁就，也许会成全她珍贵的记忆——过去的生活，经历的岁月，接触过的人与做过的事，属于她的吉光片羽。当时光的尘埃一层层覆盖过往，仍有依稀残留的痕迹，留给她脉脉观望，提示她的"当年"，不知这是否可称为幸福？

生命苍苍，局促而又繁盛，可以是矮墙上的丝瓜乱坠，也可以是陶缸里的纤荷一支。我决定不了女儿的格局，但当她张开翅膀时，一定不能让风沉默。如此，她不至于惶恐不安。

盛夏的阳光，热烈，真诚，拥抱着大地。女儿背着书包，欢快地哼着歌儿，与太阳一起在路上奔跑。我蓦然发现，小小的她，真的比我更愿意抒情！

芫荽，有情有味

父母变戏法似的，不知从哪弄来一堆泡沫箱子，在底部各钻几个洞，装上泥，搁在阳台角落，种起了绿色植物。这绿色植物，不是花草，而是芫荽。在乡下待了一辈子的父母，来城后，仍不忘自己的本行。想必，他们血管里早已涌流着泥土和庄稼的因子。

起初，真不习惯这大箱小箱，白森森的，觉得有煞风景，但看着两位老人这般兢谨，不忍拂了他们兴致，没有劝阻。不曾想，竟有意外收获——除了在钢筋水泥、铁栅栏的空间里平添一抹绿意，还可让女儿在浇水、观察、期待中认识另一种生命的成长；最实惠的是，一周半月还可品尝舌尖上的绿色时鲜。原来，高高的心放下来，快乐唾手可得。

但凡美好的东西都是有故事的，芫荽也不例外。史载：芫荽由西汉张骞从西域引进，初名胡荽。在南北朝后赵时，赵皇帝石勒认为自己是胡人，胡荽听起来不顺耳，下令更名原荽，后来演变为芫荽。好一个"芫荽"，创造这名字的人，该有一份怎样的情怀？许慎在《说文解字》中说，"芫"为"鱼毒也"，"荽"为"香口也"，窃以为烟火气息过浓。犹记第一次与这两字见面，是在吴伯箫的《菜园小记》："蒜在抽薹，白菜在卷心，芫荽在散发脉脉的香气……"自此，田园风光镌刻心版。课本里是将"芫荽"列为生词来重点教授的，轻轻念着，珠圆玉润，仿佛瞧见细雨微烟处款款踱来一位江南女子，说不尽的婉约清丽，以至于疑心不是村里人通常说的同音的菜，经查证，答案为"是"。愕然一惊，原来，客家话与普通话如此接近，朴实如泥的乡亲们天天叨着的方言，可以如此高雅绝尘。

知道它的别名叫香菜，感觉里，这名字普通俗气，过于简单、直白，远不及"芫荽"来得清淡含蓄与素洁典雅。一个冬日的下午，阳光融融，没有风，芫荽枕着蓝天睡觉。三岁的女儿晃着脚坐在阳台，折了一株芫荽问：它叫什么名字？我漫不经心地答：香菜。她将芫荽探到鼻前闻闻，一脸狐疑地抗议：哪有香？臭臭的！带着孩童的无邪率真。我不知该如何解释，难道对着蒙童稚齿说：芫荽是很辩证的植物，香者香，臭者臭，香和臭全在于一个人的好恶和感觉！不，这话太绕，女儿并非天才。我迟疑了片刻，一字一顿地说，它也叫芫荽。女儿拍手大叫："这名字好听，我喜欢这名字"，并一个劲地重复着"芫荽，芫荽"，童声嘤嘤，仿佛在亲昵叫唤邻家的伙伴。

女儿对"芫荽"二字的喜欢，竟惊人地与我一致。生命的传承真是奇妙，我向来是注重名字的，不曾想这种趋向与嗜好也遗传给了女儿，她居然会在香菜和芫荽之间，毫不犹豫地悦纳后者。也许，名字确是束缚事物根本形貌的一种东西，所以我们会去比较和选择。

我固执地认为，芫荽是有性格的。它矜持娴雅，不卑不亢，纤细的外表下有一颗孤高的内心，要不然，为什么荒郊野地难觅其影踪？——它生命的置放是那么的不肯苟安与含糊。而且，它从不在现实与梦幻之间摇摆不定，只图安定，不求冒险。你看它细茎齿叶，却从容淡定地守望某个阳光都不肯施舍的阴僻角落；你看它碧玉无瑕，却又幽幽散发出刺激性气味，大有力压群蔬之势，可定睛细看，它又是那么合群，配什么菜都得体适宜。它浑身上下老远就能闻到的气味，并非轻浮和招摇，相反，是克己和慎独，是生命在岁月长河的淘洗下，修炼出的护身秘籍，阻截恶蜮浪蝶靠近。这下，连农药都不劳主人喷洒，亦保立身之地河清海晏。

《蜗居》里有一句台词：文学是鱼上的香菜。不难解读出香菜是适合做配角的，且是充满文化味的配角。如果说一日三餐是舞台剧，芫荽无疑是最出彩的配角。它独特的形状、色彩、味道、气质，你叫它衬托哪个主角——鱼、肉、羹、汤、冷盘，都恰到好处。可不是，一盘鱼一碗肉，缺那么一点芫荽，就不能画龙点睛，再肥荤油香都变得惨淡寡味；要是撒上一小撮，整盘菜立马带上盈盈雅气，倏忽间，完成从浮华到升华的转变，就好似才子遇上佳人，两相配伍，相得益彰。芫荽的清逸之气消解着荤菜的腥腻之味，荤菜的浮奢之气凸显着芫荽的清远之韵，令人咂舌回味。

一直以来，芫荽就这样甘于扮演一个名副其实的配角——尽管内心汹涌着那么浓炽的芳香，却弯腰俯首让日子盈满居家的味道，生动，丰润，又默不张扬。一如栽种芫荽的父母，他们被时代拂拭到边缘，已回不到他们的光辉岁月，即便在小小的家里，都摆不上主角的地位，但缺了他们，我们的生活又会这么舒坦滋润吗？我们下班一回到家就有热气腾腾的饭菜吗？我们的孩子会有人按时接送吗？谁能忽视这样的配角和点缀？谁能说这样的佐料不能提味？

记不清什么时候喜爱上芫荽的。《本草纲目》上有它的身影。李时珍的语言权威简略："可消谷，补虚，治五脏。"这让人丝毫不怀疑它的药用价值，不过，可以肯定自己绝不是为此倾心的，因为青葱蓬勃的生命，连带的是新鲜的血液、充沛的精力，供养的尽是青春的颂词和长远的未来，不会过早过多关注疾病与健康。人往往是在与时间拔河的过程中，当时间的大手把年轻变成年轻过，把健康变成曾经健康，才会对健康持有痛苦的领悟。依稀记得，这菜首次现身家中餐桌时已读初中，埋首书堆不问五谷的自己，当时还误以为是芹菜。但就是如此陌生的菜，不知什么时候自己已悄然接纳并日啖不厌。也许，爱一道菜和爱一个人一样，不知什么时候开始，记不清最初的缘起和关键的转折，忘记具体的相遇场景和过往细节，竟十指交叠走到一块了，且这般的情深义重，缱绻相守。

阳光迟迟，隔着阳台的防盗网，透过芫荽，洒下斑驳细碎的光，一如流年，影影绰绰……

2003年，寒冬，夜晚，泉州状元街，一家贵州砂锅店。吃着砂锅粉丝，滚动的老汤，红亮亮的辣椒油上，浮着细细碎碎的芫荽末子，浓酽的香气从芫荽翠色微微的茎叶中袅娜浮动，眼里竟逼出微星的泪。我几次欲向老板再讨些芫荽，恐老板亏本，都忍住。我一边吃得鼻涕扑哧哧流，一边替老板担忧，那么繁华的街面，一天要卖多少碗砂锅，才能付得起店租？现在想来，那时滚动的汤面、浮动的芫荽香，以及心底深处翻动的涛声，就像那晚闪动的泪光——是一个外乡人对另一个外乡人的感怀罢了。

多年前的每个冬季，母亲早早就在屋后竹丛下把地翻得松松的，但不急着撒种。母亲算好了时间，要让芫荽长到春节时正好不老不嫩不长不短，为的是让一个人好好享用，这个人便是姑妈。姑妈，一字不识的农村妇女，在苦难中创业，好不容易发家致富了，克服来自家庭的阻力，不计报酬主动接济娘家五兄弟的孩子读书，自己却克勤克俭、隐忍负重。她没理由不被尊重和感激。母亲种植芫荽，就是表达方式之一吧，因为母亲知道姑妈爱吃芫荽，除了口袋空空，有土地，有种子，有力气，有心思，母亲坚信这土地能成就她的愿望。虽说"一亩园十亩田"，多费些工夫在所难免，可是看着母亲掐指算好下种时间，留意早晚的气温，殷勤浇水、精心施肥、勤健除草，一副百般用心的样子，情不自禁地感叹：这几畦芫荽简直是母亲心头的诗行，她细细雕琢，编织锦绣。

母亲快乐的付出，缘于姑妈慷慨的施予。姑妈多年前突然掏出皱巴巴的票子给我，那是苦巴巴筹钱读书的日子。这场及时雨，我岂能不在意和珍惜？在最深的绝望里遇见最美的惊喜，生命中这份善意的突然和良性的意外，只有自己知道有多么感动和诧异。因为当初我是那样的努力，教室熄灯后的蜡烛应该见证过奋斗的光阴故事，只不过，蜡烛流着泪向下，我流着汗向上。姑妈的支援经年累月不曾中辍，渐而成为习惯和必然。她掏钱的背后是掏心、掏肺，是饱满淋漓的爱，有这样承享和感受的不只是我，还有我可爱争气的一溜堂兄弟姐妹。他们谁也不肯辜负，踩着姑妈铺设的人生转好的台阶，顶着天之骄子的光环，接力般地步入大学殿堂。

春来芫荽香啊！芫荽香了，姑妈就来了。确切说，姑妈来了，芫荽就香了。因为我们一直等着盼着姑妈，芫荽也按照母亲的把控不疾不徐地赴约，没有早一天也没有迟一天。母亲冻红的手在细细挑拣、清洗，那一茎茎嫩芽初碧，鲜嫩得仿佛呵口气就会融化成绿汁，别说吃了，光光看着，就是一种温暖与熨帖。母亲不容许它们夹杂一片黄叶、一根细草或一粒泥沙，手都僵了，也不肯用温水来清洗，唯恐破坏芫荽的口感和味道。芫荽承载着她细密的心思和全家人无法言说的感恩。热气腾腾的大屋子，一家人团团围坐，桌子中间的火锅咕嘟咕嘟开着。姑妈显然是喜悦的，夹一把芫荽浸到火锅里一烫，半生半熟脆生生地吃到嘴里吞到肚，接着夹一把，又夹一把，连连说："就这好！就这好！"暖意，宛如火锅里的水纹，漂开来，漂开来，一寸寸漫过大家的心头。

浮世烟雨，催放一岁岁梨花似雪。如今，远在异乡谋生，隔山隔水，却依然时常想起家乡的姑妈以及姑妈吃芫荽的样子。于我而言，芫荽的意象往往与姑妈的形象重叠。芫荽是喜阴的植物，在宁静、清肃中，在不被关注的角落里心平气和地生根发芽，凝成那股青翠和芳香。素朴而又隐忍的姑妈，默默用双肩挑起生活的担子，一头是夫家，一头是娘家。她用自己的真情和付出，点缀、衬托、成就着我们。她拥有芫荽一样的品质和胸怀，人生自是流芳滴翠、香远益清。

姑妈用她的行动告诉我们：一个人不在于拥有什么，而在于付出了多少。而母亲，亦以几畦芫荽教会我们惜情知恩、涓滴相报，其实这是一种间接的爱。直接的爱与间接的爱，表达方式不同，本质却一样，珍贵，温暖，直抵内心。

浮生悠悠，这些细细密密的爱，丝丝渗入骨髓，浸润着向前的生命，正如芫荽，一年年，青翠盎然……

停留在某个夜晚的声音

一

夜阑人静，月凉如水。方格子般窄逼的房间，月光被黑暗挤到了阳台边缘。月光，是浪漫的好东西，索性拉开窗帘，给它一点空间；风趁机蹑手蹑脚地溜进来。如此空寂的时光，这般空灵的月色，如果睡不着觉，掉不进梦乡，只好看书，抑或发呆。

随手翻开床头一本杂志，微黄沉寂的纸页间满是虎虎生风的动词，搅得意兴难平。扔了杂志。箍在手上的腕表，有节奏地律动，在此万籁俱寂的夜晚，嘀嗒嘀嗒，一下一下，清晰重复着"流逝"这个词。听起来，有一种告诫的意味，宛如长者耳提面命、喋喋不休。唉，寂静，真给小小的秒针壮了胆，让它发出了自己的声音，微弱而倔强。

前三个小时的声音，仿佛刚出锅的饺子，还冒着丝丝热气。那是邻家的一则生活短剧，看不到他们的影像、动作，但隔着阳台，声音不受时间和空间的分割，自由灵活地穿越，就像在听收音机，当然是无意听取的。"作业做完了没有？说过多少次了？你都几岁了？"家长凌厉的话语，有强调，有反问，甚至有嘲讽。"我等会儿做，还不是一样？"童真的声音理直气壮。"妈妈是为你好，你再不听话，不要当我女儿！"威严的母亲不依不饶。"为什么一定要现在就做完？！"可爱的女儿也毫不示弱，声音高亢急速，甚至掩盖了母亲的反对与责备。声音的斗争背后，是情感的抵抗。一边是高高在上的规则，一边是自由奔放的灵魂，到底谁该占先进位呢？我在深思。

突然，有水哗啦啦从直立的下水管道一路奔泻，在这安静的时刻，格外响亮。这水声，至少提醒我，楼上某户人家某个人，与我一样，未眠。这水，原本也在楼顶的蓄水池里，在月光的覆盖下安睡，突然接到冲洗秽物的集结号，丝毫没有怠工的消极和被吵扰的郁闷，腾地起身，奔跑，冲过一户户的楼板，拐进某个马桶，携带着秽物，一路向下、向下，即便流到底层，还在欢欢地唱着歌。

水，真是心思玲珑的家伙。记得在泉州工作时，当地的闽南方言形容女孩子漂亮，就是用"水"字。好一个"水"，用得多么神妙！那是充分认知水后的智慧萌发和体现。由"水"作定语修饰的女孩，形象能不赏心悦目？得到这样赞美的人，内心岂不欢喜？其实，当时我还不谙此形容词的妙处，固执地认为"水"过于柔弱、素净，这种柔弱是水灵灵一弹就破的，这种素净是单纯明净的色泽中缺失任何的粉饰点缀，是止于素难称雅的。今夜，我突然醒悟：水有清纯的颜面，还有奉献的美德，表里如一的无言大美。它雅得俗得，可以是情人眼中的一滴泪，可以是高脚杯里的一汪酒，可以是川前遥望的一挂瀑，可以是涛起帆移的一面海。它简洁而又生动，能够随物附声：几升水冲进马桶，哗哗啦啦，赴死前仍然高唱赞歌，动人心魄；水龙头的水滴余沥不尽地跌落瓷碗，如珠玉落盘，滴答有声，又有拉家常般的亲热。五音不全的我，深爱水声，相比之下，它乐感如此之好，随便张口都是曲唱歌吟，显出扎实的音乐素养，让人在迷乱中耳根柔软。

二

腕表依然迈着碎步不疾不徐地奔走。过了一会儿，有猫叫声，如婴儿般的啼叫。起初，还真以为是前楼哪家婴儿在哭，恐是夜惊，或是肚子饿了想吮奶，再或是尿床了，总之是因为不痛快而痛快地哭，因为那哭声凄厉地划破长夜。尔后，发现这啼叫变换了位置，从后面那座平房的屋脊传来，同样一种高昂的哀号，令人毛骨悚然；再后来，又从屋角的高树上传来，许是原先叫得过猛，声线嘶哑了，陡变得深邃婉约，如泣如诉，空气似乎都要凝固了，越发惹人清愁。就这样，声调，随意变幻；声源，不断游移。

有风送来淡然花香，宛如远处高楼飘来渺茫的歌声，提示这是一个晚春的夜晚。突然想起一个词，叫春。当确定是猫的惨叫，并非婴孩的哭闹，瞬间，心彻底放宽，为自己刚刚还在责备孩子的父母笨手笨脚料理不了一个孩子而暗自发笑。

对于猫，说不上喜欢，也谈不上厌恶。当这声音鬼魅似的穿透夜色，在空气中不绝回响，又让我忆起十多年前在大学掌灯夜读的时光。那时，砖头似的医学书，从头到尾都要塞进脑里，每个学期开学序幕之后上演的基本是暗无天日的苦读与厮杀。授课老师又多半怜悯不存，当然这怨不得他们，医之所系，性命相托，谁也开不起任何玩笑；何况一入学，大家就信誓旦旦地宣读过"希波克拉底誓言"，虽然可能有大部分同学还没搞清楚医学是咋回事，但毕竟属于"签了合同"的事，不用心践诺说不过去。因此，这些日后施救人命的白衣天使，早在大学时期就已卖过一次命了。于是，常常有这样皓月巡天熬夜奋战的夜晚，从窗口俯瞰教室周围低矮的民房，能见着三两只猫，镶嵌着辉光炯烁的珠眸，仿佛点着几盏磷火，对着高悬的月亮，发出思春的幽鸣，长一声短一声，叫得我们心里像猫抓。

在结伴回舍就寝的路上，大伙挂着怠懒的笑容闲聊，偶尔也扯到猫，相互开着与猫叫春有关的玩笑。有同学猛地蹦出一句"call spring"，典型的中国式英语，引来一阵明快的喧笑。有时也扯到"春叫猫来猫叫春/听它愈叫愈精神/老僧亦有猫儿意/不敢人前叫一声"

这首打油诗，争论着是哪个僧人的妙笔；争论着究竟是春叫猫还是猫叫春，颇得"先有鸡还是先有蛋"的意趣。

二十来岁的锦瑟年华，青春勃发，情愫暗涌，谈起这些，自是气氛热烈，雅俗不介，不管谁开了个头，应和总是如江水滔滔。我们试图通过语言，来熄灭内心那颗一打即着的火石子。

我们穿越夜色，说说笑笑地走过存放尸骸标本的解剖楼，走过古朴雄美如浮雕的老教学楼，走过楼旁那两排参天的桉树……它们见证过医大的长天好日，也见证过我们的耿耿专心，以及专心过后的此般放纵。

可是，今夜，我不想听到这烦人的叫声，因为没有故友可以开玩笑。本来，暗夜里的神经是敏感脆弱的，那没完没了的叫春声，反复多变、高低回环地缠绵时空，来来回回削挫着细弱的神经，几乎要断了。辗转反侧，恨不得往窗外大吼一声，或是拿几块砖瓦往下扔。但终究忍住，至于吗？跟一只猫计较什么呢？不过，到底还是希望它下次叫的能是时候，对得上另一只猫的心思，亦对得上旁人的心情，好不枉费力气。

细想，猫对异性饱满而强烈的渴求化作的声声喊叫，多半响在夜幕下的某个角落，自觉地远离人间灯火，多少带点羞涩隐晦、朦胧神秘的色彩。这样一来，骚动，也就上升到更高层面了。想必，也是黑夜给了它勇气和力量吧，恰如只在暗夜里，才敢低微地发出内心呐喊的秒针。

三

天露鱼肚白了。小区里的清洁工开始了一天的操劳。那是一对四川母子，儿子一年四季里嗒嗒然拖着一双木屐。此刻，这木屐声又响起了。这样的声音，仿佛时光的钟摆都在伸着懒腰，不肯忽左忽右地行走。

这是我所听起来的舒缓闲逸。木屐的主人，许是另一番感受吧？当一串数字闪过脑门：11幢楼300多户构成的小区，清扫3次／日，400元／月／人，儿子30多岁未娶，母子合住在6平方米的小杂物间，该多的不多该少的没少。我更加确定我的判断，甚至认为，这脚步声是一串沉重的叹息。我不止一次将吃不完的食品送给他们，也时常将废旧物品搁在门口，让他们捡去换几个钱。他们也知道其中的好意，有时看我从楼下搬运几个沉重的东西，就主动上前搭把手。彼此向善，不是很美的事吗？为此，我专门写过散文《一帚扫尽尘埃》，记述那点滴温情。当然，他们不可能读到，即便是我自己，几乎都快遗忘了。然而，就在此刻，就在这安宁的微熏里，来来回回的嗒嗒声，又敲醒了我快要瞌睡的记忆，忆起了这篇刊在报上的稿子，也忆起了我一直要写却没写出的另一些故事——

现在以模糊的记忆作一份备忘录吧。当年读小学毕业班时，每天六点钟要到学校去早自修。现在想来，那简单的语文、数学两科，用不着这么起早贪黑。也许学校的初衷是砥砺品格，也许老师信奉的是"被磨的石头会发亮"，总之，这样的早自习一天不落地坚持陪同我们跨过初考，以致"勤勉"二字至今仍然深刻心头。那时，每天早晨有挑担卖豆腐的，曲曲弯弯穿行在一个又一个仄仄的屋檐，一路叫卖。他起得比我们这帮求学的儿郎更早，踩着第一缕晨曦。

秋冬寒季，薄霜粘贴着大地，冷冽无比。矮矮的草丛是白的，细蛇一样的泥道是白的，呼出的气是白的，卖豆腐的人头发是白的，架框里的豆腐是白的，还依稀冒着热气。白霜像一重纹理稀疏的纱幔，遮盖不了早勤人的脚印，遮盖不了豆腐冒出的热气。我嗜好豆腐，也喜爱白霜，在我眼里，两者有着相同的质感和温度，一个源于民间的创造，一个来自上天的馈赠。特别是白霜，闪烁着中庸的智慧光芒，介于雪花和露珠之间，不像积雪的严实和霸道，令人无法看透埋于底下的真相；也不似露珠的纯情和矫情，常在书写中被附会为一种纯洁和恩典的喻体。

"卖——豆——腐——啰——",拖腔拖调的一声声叫喊,打破宏阔的宁静,引得早起的人家,纷纷端了粗瓷大碗来"托"。客家方言里的一个"托"字将豆腐的细嫩脆弱和买豆腐者的小心翼翼表达无遗。他家制作的豆腐是祖传的工艺,虽然没有卫生许可证、没有广告宣传、没有华丽的包装,但乡亲们认准了他家豆腐的口味和质量,岁月的淘洗和诚信的照耀,让它成为乡亲们公认的品牌。纯手工定量制作,仿佛时代的决裂,却是历史的珍藏,终究对抗并战胜了机械化规模生产,不可思议又顺理成章,多少契合了当下返璞归真的意念。

偶有几户人家一时掏不出钱,就赊账。他呵呵笑着说:"乡里乡亲的,不碍事,不碍事。"这样的对话,弥散在寒霜密布的清晨,成为乡村经典的对白,浸润人心。白露为霜,露水因寒冷而凝结在一块;行走的人群,因温暖而团结在一起,两者都是那些个晨光夕月里聚结的最美风景。

好久没听到如此亲切的吆喝了。有点想念,此时此刻。当扫把的嚓嚓声和木屐的嗒嗒声,像乐音一样,律动在苏醒的清芬里,我真的不能否认:尽管时光流转,但从城市到乡村,勤勉与温情从来未曾缺席。意外的是:我似乎又打捞到渐行渐远的乡村背影,以及斑驳于时光深处的童年过往。

四

又过了一个时辰,楼上,有了我熟悉的响动。她照例穿了尖细高跟的鞋,笃笃奔突在清晨安谧且嗜睡的时光。每走一步,都如啄木鸟般尖利地叨啄在我略显衰弱的神经上。她大学刚毕业,花一样的女子,在企业谋职。每个周末的清晨,我都会被她急促有力的脚步声震醒,即便再无边的睡眠再深的梦乡也不能幸免。她是个贪恋睡眠的人吧,将出门上班前的所有准备工作全部集中在出发前的二十分钟里,以至于手忙脚乱，左冲右突。

今晨，在阳光即将爬到顶楼的时刻，我是眼睁睁迎接着这声音的，更确切地说，是掐着表等候这声音的出现。它终于准时响起。如果，这声音突然消失，就像试卷题目，应答时一片空白，仿佛处心积虑吸取的营养在一场大病之后消失殆尽，我会怅然若失吗？

当你习惯于一样东西，不管好的坏的，突然溜走了，指不定就是一番惊诧失落和无所适从的。我当初曾祈祷她能够安静悠缓得像只猫，或像影子一样走动，无声无息生活在我的楼上，可见我那时有多么排斥这声音。然而，我现在居然这般的习以为常，这般的期待，甚至悯悯不安于它不能响在我的头顶，颇有"天青色等烟雨，而我在等你"的深长意味——这喧扰的鞋声，一如她慌乱而美丽的最后青春，镂进她冗长多叠的后大学时代，也成为我生活中不可或缺的元素，点缀着我某段深深浅浅的光阴。

五

天空，继续放亮，这是它的使命，抑或说是宿命。"砰"的一声，又"砰"的一声——门，开开合合；人们，进进出出。当晨曦在人们挂满眼屎的脸上慢慢醒来，总有许多路，让夜晚的梦想着陆或延伸，所以，人们会选择性地穿梭往来、自由进出；尽管，某个时刻，梦想可能被猝然惊醒或拦腰斩断，但不妨碍有智慧有勇气的人继续寻找适合自己的路。生活，总要继续的。

熙暖的阳光扇着金色的翅膀扑到床前，毫无怯意，甚至还有几分挑逗，想要拥抱我。大概肚子饿了，我怎么看它都像是面包表层明艳香暖的黄。这意味着夜晚彻底结束。但整个人昏昏沉沉的，实在不想起床。有人在楼角的公用电话机打电话。也许听筒不好，他说话很重，能猜出是个年轻精壮的汉子。乡音！居然是久违的乡音！他说："阿娌（妈妈），你要放宽心，我一个人在福州很好，五月节（端午节），我就回去看你们……"客家方言，语调再重，也不显生硬，自有一股充满生活气息的软糯甜香。

在异乡打拼的我，如此慵倦的早晨，所有的念想，因着几句简短的乡音，一一有了寄存的地方。我与他一样，想念家乡，想念父母，曾经以为家是束缚，但离开了，才觉故乡可爱；一度认为父母严苛，分开了，才知父母温厚。这几句方言版的报平安的寥寥话语像药引子，曾经的日子就此排山倒海般地在记忆里翻腾。我一跃而起，冲到阳台，顾不上衣冠不整，朝着他挥手拉话："老乡，俺是老乡！"因这亲切的乡音，略为内敛的我竟是如此主动且毫不设防。他迟疑片刻，旋即微笑，朝我回应性挥手，热烈而又持久。

方言是一枚撕不掉的标签，飞黄腾达抑或远走他乡的人们，自以为已经褪去故乡的色彩，一不小心，半缕乡音就出卖你的故乡和暴露你的出身，所以，再没有比方言更藏不住秘密的了。奇妙的是，人们在说方言的时候，也不需要隐藏秘密，那是与故乡的胎盘再次绞连，灵肉默契，血脉贯通。

路上相逢无纸笔，就凭一口乡音吧，陌生变熟识，将是一刹那的事。因这几句方言，这个夜晚的收梢，有点意外，也凸显美好，让我不至于辨不清故乡的方向，像迷茫的长风，一路走下去、走下去，落寞，惆怅。

谁说，每一个声音，会没来由地发出？谁说，每一句言语，不会与周围的风物存在半点关联？声响是一种酶，总催化着我们去回忆、思考、欢笑或者流泪，一如这个暮春的夜晚，这个夜晚断续的声音。

抵达或终结

一

当我第一次见到小学,是隔了一片田野。其间距离是五百米还是一公里,真不知道,那时过于幼小,未有清晰的数字概念。只记得,一览无余的田野上全是青碧的禾苗,随风摆动,绿浪翻腾——大自然的美,丰盛端庄。寂静的田野,沉默的庄稼,借着季节的风势,总要淋漓尽致地释放。若干年后的今天,我回望的目光穿透岁月落在上面,依然盈披一种植物的水润和生长的光芒。

我的童年是如此迷恋学校,哪怕它只是一所古旧祠堂改造的。犹记得它阴气逼人,一到春天回潮,高高的礼堂满墙都是屈曲成泪的水痕,像张哭花了妆的脸。青苔在阴暗的墙角谈着隐秘的恋爱,墙上钉挂一面高古巨大的黑色匾额,平添几许阴森冷郁。有时,放学后贪玩,过于投入竟忘了渐渐逼近的夜晚。幸好,高悬在木梁上的铜钟,常有晚风推送出当当声,叫唤着星星从各个角落跳出来,哗的一声布满天空。俄顷,星星急刹脚跟,世界就此安静,被暮色惊乱的心湖也随之平静。因此,我深爱这个挂着铜钟的学校,沉迷不移。当我现在写这些文字时,内心一如这梁上的悬钟,摇曳于回忆与期待之间。

母亲领着我去学校,学费交不起,没关系,暂时拖着,老师脸色顶多难看,不至于拒绝一个孩子可贵的求知。"拒绝"是多么可怕的字眼啊，那简直要终结一个人种子般的梦想。老师的接纳，符合我对"老师"这个词的最初尊崇与带着温度的期许。

我像其他小朋友一样，对一切新鲜事物感兴趣。在我眼里，老师是最伟大的表演家，她站在讲台，站在我们仰望的前方，像一个高冠广袖高楼唱的名伶，说、唱、笑，张扬着生动的表情，比画着丰富的手势；有时也大声批评，甚至被淘气的我们气得掉泪，或者带着我们到室外开展体育活动、画画，有时还领着我们排好队手拉手回家。在那好奇好动的年月，一直没忘当时内心潜动幽悸的激情——我一度曾如此青睐她的教鞭，并乐此不疲地重复一个游戏：去上学的路上，揣测她当天要说的第一句话是什么，哪位同学要"吃"她响亮的鞭子！

时光就在我激情的猜想和见证中，挥手别过。稻禾也绿一茬黄一茬地轮番上演，诞生、拔节、成熟、收割，程序化地重复。我是不是也如同某株稻子，渐趋饱满，要脱离某块田野了？当1990年驾着春天的马车扬蹄而来，我仰望老师的崇高多少有些退减，最主要的原因是，即将告别小学时光了。我更向往寄宿的初中生活，于我，那是远方的未知、充满神秘的刺激，是比春天更盛大的季节，它总在夜里引我入胜。我想象着：当我耐不住性子，要和同桌说话，无法按要求完成作业，或去别人家菜地偷摘黄瓜偷折甘蔗解馋时，老师不至于对我画圈罚站，拿自由来制衡我的表现。当然，包括远离父母的叮梢和唠叨。回头想想，快于时光速度几倍成长的阶段，这些念头，虽荒唐可笑，却也温存可亲。

上学的路是条略宽的田埂，田埂旁是灌溉的沟渠。这条沟渠平日里收藏着时常闹脾气且对农人爱理不理的雨水，或接纳略高的地方无处可去的水，多为半饥不饱状态，等到土地饥渴时，才想起使命，狼吞虎咽地撑一肚子水，可很快就被沿途饥不择食的田地吮吸得所剩无几。我常想用这条沟渠来比喻我的老师，她有一个称谓——代课老师，平时领着菲薄的薪资，偶尔有秘而不宣的冲动，但还算敬业地对付一帮参差不齐的小家伙，特别是一到期末考，她便要好好准备，尽最大本领来喂养我们饥渴的眼神——沟渠及我的老师，都一直保持某种柔韧之力，且行且浇灌。

我不出意外地考上了全县最好的中学。多年不见或疏于来往的亲戚朋友陆陆续续前来道贺，将红包递到父母手中。由头是我的升学，结果则是从父母身上交叠投射出来的亲友关系和人际网络。在这个习惯用物质金钱来诠释感情的社会里，以一贯的模式向我，确切地说是向我的父母，表达他们真切的关心与真诚的祝贺。

不久的后来，我骑着锈迹斑斑的自行车，穿行在农历八月的风中。我踩得飞快，似乎要逃避风的围捕，店面、贴满广告的电线杆、路人各种表情的脸孔，以及连绵青黛的山峦树影、沿着竹篱笆一路燃烧的繁花、插满秧苗的葱绿盈盈的田野……往后闪，匆匆往后闪。我知道那个全县声名卓著的中学有一张书桌等着我。这样想的时候，我就踩得更加生猛。我喜欢世界在速度中，变得动感、变幻，正如抑制不住的跳跃的喜悦。就这样，那辆自行车，一遍遍奔波在家与学校之间，那路程不算远也不算近，但父母一眼是望不到头的，即便他们倚在门柱久久张望。周一去，周五回，有规律地轮回，只有我知道这来来回回的盛日光年，承载了多少憧憬。

五年，或者十年，总归让孩子悄然成长。我便是如此，踩着人生的鼓点，从青春的画面里奔跑而来，迷落了一地的花样年华。

然而，如果说有什么东西可以让本已喧闹的生命狂飙突起，自行车算是其一吧。当自行车哐哐当当地陪着我风里来雨里去，我不可能不感知它非凡的力量。它的坐垫硌过我日益丰隆的臀部，但从地底漫延上来的力量，曾那么温暖真实地包裹着我，牵引着我向前的方向。它是我独立的标注，成长的行走，是我平凡生命按规则对大好世界的融入。它已作为某个符号，完成我青春的抵达。

二

时间把生活分割成远方和近旁，意念也将脚步支配成回归和向往。远方啊，一个理想层面的词汇，等同于前程远大或隔膜刺激，那种不确定的无限可能，是"乱花渐欲迷人眼"的一片大好春光，魅惑得无以复加，令人悦悦于心。殊不知，一袭诗性的飘飘缟袂之下，围裹着的却往往是那动荡不安、无法捕捉的命数肌理。

我以为走过了高考的黑色七月，毫无悬念地来到了更远的远方，就可以随心所欲地干自己喜欢的事情了。我甚至认为学习是可以疏远的，更应该关注我的阅读爱好，我的生活，我的一日三餐、衣着，每天的睡眠和梦境，甚至是大学正大门外的交通路什么时候可以修好，公交车站点是否科学排布到足够方便出行。

此生注定与某些行当擦肩。在某个阶段，我似乎不太喜欢自己的专业。它在招生宣传册上充满诱惑色彩的词句，与现实根本无法接轨，问题是，你被录取了，且无法更改。接到录取通知书的过程，仿若夏夜的流星，它璀璨的光芒虽然炫目，令人神往，但也只是一瞬，就在我的眸子里黯淡、湮灭，无声无息。

谁都知道，学习是必须投身进去的，就像生活一样，前面必须加上"热爱"，才能臻于有声有色。如果执着的心不肯迁就、妥协，那就只好歌不成歌调不成调地混着。我偶尔翻着教科书，散漫地、即兴地、恣意地，导致我的生活也像一本没有目录、没有主次、没有顺序、没有插图的书本，凌乱不堪，但又裹着旁枝横斜的空虚快乐。

直到一个场景偶然介入，我才发现内心的疼痛。某个下午，逃课到街上逛荡，阵雨袭来。雨落到地上，仿佛是鼓点，溅起人们奔跑的欲望，总有人携带一头一身的雨水，一个劲地想冲到雨的前面。有人往东，有人向西，有的进，有的退，顿时，街面像雨一样纷乱。我想我是跑不过雨的，还是乖乖躲到树下避一避吧。随后，街对面有个中年妇女挑着箩筐也仓皇地逃来。我给她挪了位置，树冠的庇覆有限，她的筐子只好横在雨中。是橘子，盈盈两筐，经暴雨淋洗，个个鲜黄饱满，芬芳诱人。

　　我问过价钱，不贵，便掏出钱来买。雨继续下着，我不可能钻到雨里去挑，她也不愿意放弃这笔生意。她蹲下来，捋起衣袖，慢慢前倾着身子，一手紧箍着筐沿，一手奋力探出去，刚好够得着筐子。她翻着拣着，殷勤地帮我挑选。我不忍心，说随便拿吧。她嘿嘿笑着，仍在费力地挑拣，我听到她的粗喘。她动作很慢，我居然看清她的拇指去掉半个指甲，隆起一个黑灰的疙瘩，那是木刺的伤害和疼痛的堆积。她手臂那么细瘦糙黑，橘子在她手中鲜花一般娇艳欲滴地盛开着，刺眼，不搭调。

　　我心里陡然被针扎了一下，一些前尘旧影，仿佛遗忘，却又不曾真的忘却，纷纷涌入脑海。我看到我的双亲，他和她在乡野劳作，起早贪黑，两人的手比眼前这只手还要瘦弱粗糙，布满流血的裂口。我一些不着边际的消费，竟来自那么黝黑瘦弱、皲皮裂裂的手，而我的心思又在哪里？我的眼睛涌起酸酸的湿意，雨流到我心里了。愧疚、感恩、故乡、校园，时空交错的叠影中，只有自己知道看到了什么——由苍老、艰辛、慈爱、皱纹、目光、花发这几个抽象的形容词和名词，一起叠映出灰黄的镜头。我看到了父母面对苦难生活踏实乐观、顽强不屈的精神面貌。刹那间，我决定终结我的状态。

　　不想坠入谷底，便是直上云霄。经过修复和调整，我活过来了，像一位斗士，在刀锋上行走，生死壮烈。我保持着警醒，不敢让灵魂有静静喘息的机会，我担心再次掉入醉生梦死的圈套，于是，拼命将一些不合时宜的想法及时剔除，好比父母耕作土地，着力让一些消亡，为的是使另一些更好地生长。

　　于是，我的白天是白的，黑夜也是白的，我以意志对抗着时间。看来并非只有死亡是停留时间的方法，奋斗也能让时间停留和延长。

奋发图强的汗水一滴滴向下，悄然洒落在寝室窗前刻满划痕的书桌，而我的脚步始终向上，不肯停留。时光潺湲不息，其后的日子流水行云，宛如破折号后的文字，转折出一片多角度的风景，得到一种前所未有的欣赏和认可。那些微笑向前的时光，终于遇见了最美好的自己。

三

照例是谋职，结婚，生子，养家。我们能控制自己吗？似乎能，似乎又不能。当我窝在斗室里涂抹着文字的时候，总涌起这样的想法。时常妒忌笔端流淌的文字，它们能够蜿蜒成河，在想落脚的地方四处流浪、自由歌唱。

人生轨迹向前移动，费了不少力气心思，力图与历史时空契合。现实情况是：轨迹歪歪扭扭，时而同步，时而分离，偶有重叠，更多的是交错或反向。我无法握住自己的生活，这社会本是一张大网，而我只是这张网上的某个纽结，时不时被左右牵拉、上下拖扯。当然，这并非个体现象。红尘滚滚，男男女女，此时彼时，这里那里，我们没有太大差别，养家糊口，牵念亲情，看上司脸色，累了要睡，病了难受，爱美，有梦，偶尔迷失，一步步靠近死亡……我们都是上帝的孩子，彼此大同小异，互相临摹复写。时代向来如此伟大，人却卑微如蚁，最好的办法就是克制自己的欲望。道理浅显：希望是火，失望是烟，人生只要一边生火，一边势必冒烟。

居住的新村，经历几十年的风雨剥蚀，属于村居美好的日子，就这样随着时间的交替，默默走远。举目环顾，楼房破旧，面目悲凉，尽管继续叫着"新村"的名字，全然找不着当年的风采，美人迟暮啊。即将拆迁，公告贴得四处都是，责任人的名单密密麻麻。收破烂的整天笑得合不拢嘴，几百户人家在忙着搬迁，平时舍不得扔的东西，这下无处可去，只好当废品贱卖了。一些人无所事事，围聚打牌，用牌局变通着在这个小区最后的人生。

住户们自然不会无处可去的，这里的终结，据说是以令人满意的高额赔偿为代价的，不至于让当事人抵达不了新的居所和幸福。大家兴高采烈地配合宏伟规划，搬迁，搬迁。似乎，新生活马上展开美丽的画卷，幸福近得触手可摸。

坦率地说，我个人不太愿意搬离这个小区，尽管它已被时光的雕刀镂刻得如此面目全非。我的闯入和流连，虽然也只是短短几度寒暑，甚至连阳台上那对落户时张悬的灯笼，依然固守那片喜庆的酡红，但真的已经习惯，并且融入了。我熟悉附近的公交车站台有几路车经过，步行多远有购物超市，拐哪条巷子接送女儿更近，哪家的理发店更干净卫生，何时藤蔓能攀到阳台，以及麻将桌在哪个角落喧闹，邻家妪姆的笑容为什么凝结在那个暖春即将到来的寒冬……然而，留恋只能不动声色地深埋于心底，个人任何意志表达都是多余的，谁都拗不过这个重大的行动，确切说，是拗不过这个时代，不是吗？几乎每一个城市的每一个角落，都有挖掘机在张牙舞爪。

路边有小摊，现场制卖棉花糖，女儿嚷着要。她小小的一颗心，无法感知我此刻的忧虑——生命、生活，对于她才刚刚开始。我到底还是心软，不愿她小小的希望落空，我不能给予她更多，至少这点能够而且应该满足她。她从摊主手中接过糖，雪花一样莹白，棉花一样蓬松。她幸福地说了声"谢谢"。我发现她是那么容易知足，这一点与我相似。就比如，我知足于一个破败的房子，一架牢实的床，一张可以写字的桌子，一份能解决温饱的工作。可是，知足就能常乐吗？眼看拆迁的最后期限逼近，而下一个住所还没着落，怎能克制内心的惘惘不安？瘦骨嶙峋的岁月，一个小市民的安然，来不及抵达更远，就被拦腰斩断。

原来，幸福有时候就是女儿手里的这根棉花糖啊，舔一舔，就融化了。

那时花开

那年，四月，医大图书馆前冠盖如云的大榕树，开始吱吱呀呀地叫醒夏天。

他，在拖拽着春天尾巴的飞花荡絮里，也幸运地拽住了一个难得的工作机会，这样，便可意气风发地留在福州——这座安放他大学青春的榕荫遍地的省会城市。因为不必离开，所以没有不舍。看着同学三三两两地合影留念，试图留住最后的记忆；或者一双双即将分离的情侣在校园草坪上抱头痛哭，让苍冷的月光淋满一身忧伤；或者某一幢公寓的某一扇窗子幽幽地吹出笛音，诉说白衣胜雪的青春情事；或者上铺的兄弟将书信一页页搁在搪瓷脸盆里燃烧，凭吊一段早夭的恋情；或者校西门外的小餐馆日日爆棚，以"散伙饭"的名义，觥筹交错不醉不归……

这一切，都没有感染他，他仿佛是局外人，没有太多的感慨和离伤。彼时彼地，他眼中的世界全是美好的缩影、幸福的切片。即便是那些轻浮塑料袋被卷扬上天，那郏动云集的亮点，都被看成是天空中的飞蛾，扑向整个世界的朗阔格局。

她，因工作无着，只得卷铺盖回老家，在小县城谋一个饭碗至少会容易些。心绪黯然的她，折腾完那些户口转迁、档案调移、行李收拾、火车票购买等一应要事琐事，已经累得七荤八素。她反复端详着车票，"21:07，福州→龙岩"，却不知道这趟列车能否把她带到幸福的站台。吃过晚饭，她坐等傍晚降临，在夜色中轻轻悄悄地离开，倚借暮色的遮掩，忧伤的面容不至于太难看吧，她想。于是，她决定不告而别，开启一个人的归程。

五年的大学时光承载了太多的青葱岁月，要不然，这归乡的行囊，为何如此沉重？画满圈圈杠杠浸透无数汗水的厚厚书本、写满同学祝福和牵挂的留言簿、七七八八可有可无的奖状证书、一些来不及投出或无处可投的求职简历、几件舍不得遗弃的日常用品……关键是，离别的双腿比行囊还沉，灌了铅似的。她想，还是叫他帮忙送送吧，反正他已找到工作，一身轻松，又是同学兼老乡。

20路公交车，犹如一条黄鳝，扭动着身子，曲曲弯弯地滑向火车站。他和她，为了下车方便，并肩坐到了最后一排。彼此没有太多的语言，各自想着心事，尽管下车的门就在近旁，咿咿呀呀明明暗暗地开开合合，但没有吵扰他俩重重多叠的心事。路过地标性的东街口，她突然意识到，这个城市的草木风云繁华落寞，都将不属于自己了，忍不住说了一句："没想到真要离开了！"轻不可闻，似在倾诉，又仿佛自语。他还是听见了。此时，车厢里的广播音乐，正缓缓流淌小虎队的《放心去飞》，骊歌声未歇，就要各飞东西各奔前程。突然间，有什么东西触动心尖，一种疼痛开始漫溯，那一刻，他突然想起四个字：青春散场。

他明白，这又是一场告别。与来自同一个山区为同一个梦想五载同窗苦读的同样年轻的同学说再见，自己的青春过往和轻狂岁月也将怅然谢幕。文学情怀浓厚的他意识到，虽然自己仍然留在这个城市工作，但热爱的时光、可爱的医大、敬爱的老师、亲爱的同学、挚爱的朋友……却一样不落地渐行渐远了。

过去的一切，终究需要动用"回忆"这个艰涩的词了。前一秒，他还是没有哭，只是眼里酸涩，涩到挤不出泪，看不清世界；后一秒，忧伤就像一根劣质香烟，呛得他眼窝激流暗涌。有风呼呼刮进车窗，带着海的湿凉。行道树一些萎黄的叶子，在风中，像被惊散的鸟群，惊魂不定地飘落下来。

原来，七月的凉风，永远都吹来离别伤感的味道；站台的挥手，永远都会让人的眼泪情不自禁地滑落。走过七月，他，照样难逃离伤；聚散离合，一颗脆弱迷惘的心，更做不到安之若素。

翌晨，她回到了熟悉的故乡小镇。卸下行李，便将自己孤单脆弱的身体丢在床上，蒙着被子俯趴而泣。母亲惊慌失措，忙不迭地问她哪里不舒服。她自顾自地流泪，并越发哭得厉害，渐渐哭出了声响。母亲不知道她哭什么，该如何劝慰。母亲哪知女儿的心思？即便连她，也说不清楚到底为了什么而啜泣。——为匆匆开始匆匆结束的大学时光？为青春的拔节生长与刻骨铭心的疼痛？为尚无着落的工作？或者为步步紧逼的漂泊岁月？为迷茫的未来和莫测的人生？抑或是千般滋味涌上心、百感交集情难抑？或是深入发肤的孤独如同大洋深处墨黑的海水一般席卷而来，毫不留情地将她包围？她真说不上来，总之想哭，想痛痛快快地大哭一场。

光阴过处，永远是擦肩而过的忧伤落寞。

后来，她以薄不可掬的简历去推敲机遇的大门。在等待面试通知、期待工作的百无聊赖的日子，她总想给他打电话，但又不敢，乡下的闭塞与前途的渺茫混凝成一座荒岛，将她与繁华的尘世隔离，包括属于他的世界。她只是高频率地在母亲面前提及他。母亲对她说，你怕是喜欢他了。她垂下头，不反驳也不肯定。"喜欢"两字，从母亲嘴里轻轻吐出，却像两颗种子，牢牢落在她心田里。

一个凉薄的夏夜，她的梦里反复浮现他送行时泪湿襟衫的画面。清晨醒来，镜子中映现的是她昨夜交错在脸庞的淡淡泪痕。彼时的她，如果要整理失物清单，誊写从小到大遗失的心爱的物件，清单的最后，是否是一个人的名字，丢失在支离破碎的年华里？

盛夏的榕城，燥热的天，燃烧的情怀。这个热过头的夏季，连知了都学会了顺应而噤声。留在榕城的他，笔走偏锋进了报社。刚从学校转向社会，他还是他，一样的天，一样的脸，但似曾相识的角色和气质，好比挪动位置的复写纸，保留着少许而又明显的差异。那段日子对他而言，可谓是人生的磨合期——时间有时迅疾得无法无天，更多时候是悠缓得漫无目的，年轻的心根本听不见潜游的节奏，任性地将时间贬值，在大把大把的闲光里贩卖寂寞和乡愁。

然而，置身锦瑟年华，每个人是不是都如同一尾鱼儿，喜欢用吐泡泡的方式证明自己？他时常还回到母校，与老师坐坐聊聊，娓谈人生，勾画理想，铺陈未来，抑或夹杂着对社会方方面面的思考与困惑。当然，在某些个午后茉莉花茶的水汽氤氲里，或午夜台灯明黄光晕的柔软包围中，他有时也会想起她的，想起那个在岁月的三岔路口，拎包离去时茕茕孑立的背影和呼啸而过的夏风。

——那些时刻，乱风总是这样，从过去的那片天空一直刮到他的窗口，于是，记忆的天窗倏然开启，只是不知道谁是谁的定格，谁又成为谁的过客！

时光的火车，更向岁月深处，每一个人，都有各自的等候，各自的归宿，或安静蹉跎，或花开成锦。后来，她属于幸运的后者——在毕业前夕曾偶然面试过的学校某个处室录用了她，她成了一名令人羡慕的留校生，虽无心问柳，却花开月明。

之前的不曾联系，彼此都隔着看不见的河流，然而，一纸报到证，温情款款地将她拉回绿荫点洒的榕城。至此，他与她地理上没有了冰冷的距离，自有道不明的牵念羁绊。他们来往渐多。上班的日子，坐在窗明几净的办公室，她的心里，总萦绕一份对他的感激。闲暇老乡相聚小酌，他的脑海里，又总会浮现她瘦小的身影，便顺带通知她一起过来聚聚。慢慢地，他们走到了一起，淡淡然不着痕迹，又似乎水到渠成。

这没有枝节与波澜的过程，好比在青春的扉页，用最细的笔，醮最淡的墨，用最轻的腕力，写一些最没气场的作品。可是，这些淡而又淡的文字，又在不经意间令读者大惊失色。

婚宴上，同学齐聚，因为他与她是班上唯一一对。当晚，这对新人几乎被灌醉。因为他们回答不出来同班同学一致的好奇与询问：五年的大学时光没看你们谈恋爱，性情又完全不同，怎么就十指相扣地走到一起了？

那时，他与她，像所有陷于热恋中的人，一样身处迷局。

> 像走在一条花开的路
> 不会错过美满
> 缘分转几个弯
> 证明我们不能走散
> ……

这是谁的歌？唱出了他与她之间接近透明的时光，温存辗转。

说到底，爱情没有为什么，没有值得与不值得，只有愿意不愿意，爱与不爱。三月桃花，明日天涯，或许，在他与她的眼里——缘分来了，就携手并肩，把日子走成一条花香弥漫的长径。

浸润在绿色深处的时光

近处。乌山，乌山小学。

一直以为，乌山与我是陌生而遥远的。十多年前填报高考志愿，眼花缭乱的校名传递着或远或近、或优或劣的信息。福建医科大学简介里赫然写着"坐落在乌山之麓"，淹没在密密麻麻字里行间的这几个不起眼的字一闪而过，却在刹那间定格脑海。于是，便与乌山发生了纠缠不清的关系。我选择了乌山余脉中的福建医科大学，整整五年最光华璀璨的青春，都淋淋漓漓地挥洒在了乌山边缘。

与乌山的关系开了头，便刹不住了，仿佛一团毛线，轱辘辘在地下打滚，散出长长的一截，无法收拢——后来，人生不断流徙拐弯，有一天歪打正着地落脚于乌山下的一个单位；再后来，家也安在了与乌山隔河对望的一隅。一日日，乌山不语，咫尺之遥，在近山楼台和如驶流光里，奢侈地消费着乌山的纯粹与静美。

我，一个来自闽西山乡的渺小个体；乌山，一座省会城市标志性山体，当两者出现某种勾连，我找不出确切的缘由。也许，山里人的内心深处终究还是爱山恋岳的。乌山与家乡的群山几无二致的葱郁、高突、丰博、神圣，契合了我冥冥之中的某种期待。

云闲水静的乌山怀抱两所学校，一所是市直机关幼儿园，一所是乌山小学。我固执地认为，搭上这两所学校，乌山在乌塔之外又拥有了另一种高度。

有时与人聊天,说到乌山小学的百年历史、校园环境、教学水平、生源及其他,在言说间腾浮起的情愫总是不温不火、不咸不淡的,仿佛自己是局外人。那时,的确还未与乌山小学发生实质性的关联,无非是在上下班的途中隔着栅栏静静地瞥一下高高飘扬的国旗;或是听孩童的喧哗穿墙而来;偶尔看学校围墙在敲敲打打中改头换面;再或者从寓所窗户远远望着学校那一寸一寸淹没在暮色中的宁谧侧影。总之,一切都仅仅停留于围墙之外、时光之外的漫不经心。

然而,时间的流向与人生的际遇总是交肱错臂,与乌山小学骨肉相连的时刻就这样于不期然中呼啸而至。今年,孩子六岁,我必须要为她甄选一所小学。对于孩子而言,风一样的成长,过去的时光总是不知去向,未来又成谜,我必须替她做出慎重的选择。随着开学时光的迫近,我和我的女儿与乌山小学渐行渐近。八月中旬的最后一天,阳光很好,我牵着女儿到学校报名。谦诚儒雅、笑容满面的校长亲自在操劳和把关。他对女儿别致的名字颇感兴趣,还开了个小小的玩笑,瞬间拉近了女儿与他的距离,也顺势拉开了女儿小学时光的华美序幕。

时序倒带,此前数月,我在学校之外的任何时刻与地域说起乌山小学时,我的思维和语言开始悄然变成绿色。那是一种希望萌动的颜色,因为我的女儿即将在这个学校安放一张书桌,这所学校便在我心里占据了一个位置。即便有朋友调侃说曾有许多乌山小学新生,笨笨拙拙将乌山小学的"乌"误写成"鸟"字,我也听出一种正面的情趣来。我想无非是生张熟魏初次执笔,手不听使唤,那一"勾"写过头罢了,这不也是一个成长的插曲、旁逸斜出的意趣?

入读乌山小学是需要理由和机缘的,至少对我的女儿而言,是一种幸运。乌山小学正如嵌在门口的金色校名题字,低调而又奢华。它背靠着乌山,确切说是嵌在乌山,是乌山的一部分——最具人文色彩的一部分,它时刻涌动着干净的秩序、清凉的诗意、澄澈的生机,如果用颜色形容，我会不犹豫地选择绿色。至少在我2012年的心灵版图，乌山小学的独然卓立，恰似报纸的头版头条。

报名后的翌日就放榜公示了，前面挤满了家长，大家兴奋乃至亢奋地议论。有几个小孩散在人群的外围，他们百无聊赖地站着，像一段段木头一动不动地戳在那儿，偶有不耐烦的，还急切地催着父母赶快回家。他们过于幼小，尚不具备足够玲珑的心思来体味其中的来之不易。当然，往往是因为父母不肯将人世沉重隐秘的东西过早压在孩子身上，不愿意向孩子吐露为一个名额所付出的买片区房或托关系的艰辛。毕竟在父母眼里，孩子的内心永远是一个尚未开启的世界，清澈的心湖，只能用来接纳清澈的风景倒影。但愿这份懂与不懂，不会影响孩子日后的珍惜，以及与珍惜相对应的刻苦努力。

八月将收梢的那天，我们夫妻双双出马，参加新生家长会，四只耳朵尖尖竖着，两支水笔沙沙写着，生怕遗漏了什么提示和要求。班主任是位年轻且富有修养和责任心的老师，娓娓动听的话语令人内心敞亮，听得出她的学识与能力，她的爱心与理想。她也是一位可爱孩子的母亲，我一点也不怀疑她娇小的身体所能迸发出的巨大正能量。数学老师是个严谨认真、经验丰富的老师，言谈举止间闪烁着淡定和理性的光芒，我坚信她那双珍贵的手一定能将孩子们成功引领到博大神秘的数学王国。这两位教师是乌山小学众多优秀教师的代表，她们以及像她们一样杰出的老师，正如饱满的谷穗深情地垂向大地。把孩子交给这群园丁，没有理由不放心。我想，孩子们一定能在课堂内外，处处捡拾起起老师慈爱的目光和温暖的微笑，然后，夹进或厚或薄的教科书，充当一枚枚精美的书签。

孩子们见到新校园、新老师、新同学的兴奋，如出一辙，犹如闷在小池塘的鱼群被输了强氧似的。而经过新学期头两周的调教，孩子们也拔节生长：改变了作息规律，懂得整理衣物，学会分担家务，知道关心同学，甚至明白忍让与克制……表现出可观的进步，马蹄哒哒，直叩心扉。

而另一边，家长们的兴奋与焦灼在班级群里四下漫溢。在这个波澜壮阔的大时代，谁都是小角色，所以父母总是主动与孩子靠拢，一起抱团取暖、并肩作战。此刻，饮尽风霜的家长们，想必一个个理想都高比云天。家长们除了关心师资配备强弱、关心孩子座位与同桌、关注孩子适应状况等等，还程度不一地求全责备：比如拼音生疏，荒腔走板，磕磕绊绊，甚至分不清阴平阳平、上声去声，从头到尾跟踩缝纫机似的一个调读到底；比如写字乱得好似螃蟹的爪印或散架的玩具，东倒西歪，无从辨认；比如家庭作业复述得混乱不堪，宛如风中的一蓬乱发；比如丢三落四，文具和书簿常常有去无回……大家在网络里此起彼伏、你一言我一语地用文字相互应和，煞是热闹。

我起初也频频混迹于班群，试图寻求标杆和找寻差距，有一天突然意识到断续的碎片背后弥漫的是不尽的忧虑，这份惶恐不安来得顺理成章却又略显多余，于是断然撤退。孩子的眼光就在生活的近处逡巡，他们有自己的世界。当失落和冲突在所难免的时候，还是向孩子投降吧，千万别用一遍遍的唠叨，将他们的童真和自信席卷一空。他们的人生轨迹注定要由他们自己一步步踩踏出来。

没错，此时的他们年少不更事，就像行李微薄得没什么能量的江湖闯荡者。然而最丰盈的是种子本身，也就在此时，他们的根须已深深扎进脚下那片土壤，以幼苗的样式，在山阴水润的绿色深处，用微小的身体及微茫的理想与大地紧密接触，渐渐茁壮与葱茏……

力气，越用越有

15岁，她读乡下中学。周末，茧足负囊回来，十里的路，归心催步，细瘦的双脚，到家已辣辣的红胀胀的酸。气未喘匀，奶奶嘱咐她去帮隔壁阿婆挑井水。她噘着嘴，一百个不愿意。奶奶说，阿婆怪可怜的，孤老无依，缸里的水见底了，也无力来续，去吧，力气，越用越有的。最后一句话，触动她的心尖，她应允了。随着粗重的喘气和扁担的颤悠，水在桶里，节奏匀匀地漾出一圈圈水纹，而阿婆的笑脸，比水纹更灿烂。顷刻间，一朵花开在了她心田，这朵花叫善良。此后的每个周末，她都主动将阿婆家的水缸蓄满。她的心，比水缸还丰足。

25岁，她赌气回娘家。满腹委屈双行清泪，无非是妯娌间的琐事。嫂子倚老压人，田里的活不干，都扔给她，想分家，丈夫不依。奶奶握住她的手，一言不发，兀自听她倾诉，末了，心平气和地递来一句：别计较，年纪轻轻多干点，不会吃亏，力气，越用越有的。十年前就听过的话，再次振聋发聩。她止住泪，转身回家，马不停蹄地扛锄下地，汗水吧嗒吧嗒滚落，在平清的水田溅起涟涟细波。顷刻间，她的内心也如水面，盈盈开出一朵鲜花，这朵花叫宽容。后来，嫂子也觉歉疚，跟着下地，地里陡然变得生动喧闹。她的心，比田地还富有。

35岁，她被暴雨冲塌的山坡压断了腿。夜黑如墨，暴雨如注，出镇的路多处坍塌，她血流不止，剧痛不堪。一位德高望重的族人发话：她做人不赖，谁家有啥事，从不吝啬一臂两力，现救命要紧，大伙背她去——力气，越用越有的。年轻的乡邻，平日多受过她的帮助，应者众多，轮番背着她，一程一程地赶往乡镇卫生院。攀伏在或健壮或瘦弱的躯背，穿风过雨地疾行，她痛并温暖着。数把电筒的微光，在雨帘里晃出几道暖黄，宛如花瓣飘摇。一时间，她的心田开出一朵花，这朵花叫感动。她的心，比天地还湿润。

内心，如有春天，便有一朵一朵的花开。于她，懵懂年少，因学会关怀别人，成长真正开始；屋檐碎日，因懂得宽容别人，生活如醴如蜜；生命困厄，因曾经打动别人，温暖回返萦绕。

庸常岁月，我们所能倚仗并用之不竭的，除了智慧，便是力气。这力气，来自心灵深处，因此有着动人的温度和无穷的能量。这是最值得骄傲的财富。舍得付出，倍加拥有：于自己，有了格调；于别人，有了名望；于人生，有了交代。

沙尘记

沙尘来袭。

肯定不是自然常规和人类召唤。问题是，它来了。就在暮春三月，在我生活的东南沿海城市，它与风一起狂舞。有点意外，有些残忍。在我的记忆里，这片天空的脸谱好像不曾如此阴过，从来都是江南一片春光好。

毫无准备，它就塞给我深刻的体验和记忆了。风噼里啪啦地拍打着窗户，窗框在嗡嗡振动。低落的天幕下，沙尘张扬着它被迫的生存意志，它们无法抗拒风的力量。我躲在房间，这个躲，不是躲藏，而是躲避，没有人会怀疑窗外的惨淡。我趴在窗台，一动不动，静静打量着近乎陌生的天空。

微细的颗粒在高楼之上铺陈出弥漫、飘忽、扩张、混沌的画面，一派迷蒙，满目迷离。长时间注视，脑海里便生出许多凌乱而摇曳的幻象，想到了烟、雾、夜色、墨镜、布帘、X光片，还有密布的阴云，或者乌鸦的黑翅膀，甚至古旧锡壶上的一抹铅灰，总之尽是些压抑紧绷的意象和片断。我不知道，这是不是与心情有关。我甚至深入到尘埃深处，感知到沙尘内部激烈的争斗，一粒尘埃和一粒尘埃之间，大小差不多，质地差不多，色泽差不多，分不出高低贵贱，但它们之间没有对话、没有融合、没有交流，而是相互推搡、挤压、碰撞、撕咬、对抗，进而表现出集体性的盲动与混乱。

最直接的后果是：这不再是一个高清晰度的城市，视觉信息被马赛克化，漂浮物挤兑了想象空间。花草的倦香中混杂着尘腥的味道。路灯提前亮起，有路人戴起了口罩。邻家大婶平素保持有方的发型，成了一丛团簇的枯草。电视台专题报道沙尘暴的动态、行径。专家作为应对突发事件的形象代表，深度解读沙尘暴成因和危害，当然免不了劝慰公众不必过度紧张。报纸专版报道，前有核心提示，后有相关链接，试图给你传递有效的信息和力量。"各位听众请注意，沙尘暴袭击我市，能见度低，请司机同志们减速慢行……"收音机里播音员醇厚的男声也因沙尘暴的来临而更加低沉缓慢，像被沙尘呛噎似的。网络上关于沙尘暴的新闻当仁不让地占据头版。楼下停放着一辆轿车，厚厚沙尘覆盖的窗玻璃上，有人用手指歪歪扭扭地写下两个字"沙尘！"。我的心被那个巨大的感叹号，重重地杵了一下。

——沙尘渺小吗？可它却如此不可商量地影响和改变着这个世界！

爱人提前从北京回来。因为沙尘暴，她改变了行程。她说，北京黄沙漫天，鼻腔咽喉干痛、发咸，擤一下能见血，用棉花团蘸水擦拭鼻腔，也不奏效，什么鬼天气，真想唱一曲《心痛得无法呼吸》。她三言两语描绘在京的体验，轻松的语气中透露出逃离绝地的庆幸。然而，她没料到前脚回来，后脚沙尘也跟来了。"真见鬼，这沙尘暴还一路跟着我的航班来了。"她调侃。小人物，碰到"大事件"，一不小心被卷入、被牵连、被伤害，也许，调侃也算是一种调适吧。

早上去办公室，沙尘暴成了热门话题——

"居然我们福州也有沙尘？"

"不必大惊小怪，都飘过台湾海峡了。"

"真是来自北方的狼啊，害得我一夜没睡，我老婆受不了满桌满地的灰尘，半夜三更起来打扫卫生，折腾了几个小时。"

"我昨天出去忘记关窗户了，那个脏啊，真是后悔死了。"

"买了很久的一把棉线刷子终于派上了用场，我敢打赌，平时即使停车不开三个月，落下的尘沙也不会有昨天一宿的厚实。"

"听说北京一夜间下了好几十万吨沙子，要是做成沙漏，能够做多少沙漏呢？嗯，估计一个一个颠倒一遍，这辈子是数不完了。"

"吹尽黄沙始见'京'啊，要是在北京，干脆圈块沙地种西瓜，想想童年的鲁迅和闰土，不也是个既赚钱又附庸风雅的行当？"

"我女儿写日记，开篇是'扬沙天，郁闷'。想起我们小时候写日记，总是在开头写上日期和天气情况，基本都是'天气晴朗''艳阳高照'之类的词语，这年头，变喽。"

……

明亮的生活，突然被暗淡干扰，再简单的心，都有刹那的复杂和宕动，免不了一念起，一弦响。大家都是"在场人"，必然亦足够坦然地，把工作撂到一边，围在一起猛聊，话题比"风沙"刮得还远。

天，提前暗了，配合度很高，它跟人一样，无法忽视这起事件的每个细节。离下班时间还有一段距离，大家都行色匆匆地往家赶。这是天气带给民众普遍而又直接的反应吧，也从旁例证了"环境决定论"的客观高明。到家时，我扫了一眼地板，径直走了进去，鞋底比地板还干净啊，用不着像往日一样蹭鞋底了。女儿正凭窗远眺，乌黑的眼眸虽然像往常一样闪着光，但明显也蒙上一层忧伤。她说，外面灰蒙蒙的，是谁在干坏事？是谁在抛沙子吗？怎么没有人批评他？我都看不到河对面的幼儿园了。她喜爱玩沙子，一次玩得起劲抛扬沙子弄得粉尘四起，被我训斥过。她显然是记住了一年多前那个尘埃飞扬和挨骂的场景。面对她的问号，我又好气又好笑，却无从回答。我们该指责大自然的狂暴无礼？还是要责怪人类自己狂妄无知？

我知道，浮尘不会长久，终究会像鸽群，稍稍盘旋逗留后离去，最后消失于天际。但此刻，它却那么真实地引起了我内心的焦灼不安。看着窗外一层暮色一层沙尘，一层层慢慢落着，心也一点点缓缓下沉。我伸出手去，想要接住些什么，犹豫了片刻，又缩回来。我害怕，除了接住几粒尘埃，还要承接尘埃所传达出来的重量。

其实，沙粒降落的过程，我是熟悉的。如果它们足够小，小到是微尘，那么会以尘埃本身的形态降落在树叶和屋顶，或者作为云层、雪花的内核，最终以液体或固体的形式掉落地面。但这次是沙粒，不可能是雨丝飘洒的轻盈或雪花漫舞的浪漫；铺天盖地压下来的，只会是一份透不过气来的沉重，进而让人联想到梦想的破灭、志向的下坠、爱情的死亡、病痛的折磨，以及邻家少年的失足或者某个明星的陨落。尘土以这样的方式，让我再次感受到"无边落木萧萧下"那份无边无际的苍凉灰暗。邻近高楼传来游鸿明的《下沙》，悲伤的调子和字眼，正好契合了这样的背景，顿觉悠悠天地迅即就隐没在漫漫黑暗里，满是末日到来的感觉。事实也是如此，你无须搜肠刮肚，就能想象出即将到来的夜晚，这些细密的尘土是以怎样的方式遮蔽月亮和星光的。

当身边的世界，倏忽间变成旧电影中直接剪裁下来的镜头，对焦不准，模糊，昏暗，透露着伤感气息时，心下一慌，疑问顿生：是什么让我们与沙尘联系到一起的？

——是风吗？可风还是那个风啊。那时在乡下，在生长各种作物的田野上，随时都有风，一阵一阵，自由自在地吹来吹去，有时坚硬，有时柔和，有时凛冽，有时温润，然而，不管风再大，天空依然纯净澄澈。那时，辽阔的大地，生长着与风一样无拘无束的灵魂：番薯满坡，稻香十里，水草丰沛，花朵喧妍，人们恣意地笑，笑声里充满粮食的味道……可现在，这一阵不知从哪刮来的风，携带着滚滚黄沙，来势汹汹，将天空吹暗，将绿树吹灰。而且，它继续吹着，没有消停的意思，而我只能困在小窗紧闭的沉闷的家里，失去畅快的呼吸，然后惧然心惊，然后眼帘垂落。唉，风从哪里吹来，叫什么名字都不重要了，重要的是还要停留多久？持续多久？

——如果不是风，又是什么？

不远处的建筑工地，传来挖掘机的轰鸣声，无休无止，似乎要提示些什么。而刚刚过去的植树节，一堆堆振奋人心的数字究竟是赞颂还是讽刺？年年植树，年年不见绿啊。更经常发生的是：城里的参天古木被一次次砍伐，取而代之的是园林绿化的千篇一律；村庄里，挖掘机也没表现出它应有的老迈与温和，渐渐看不到古木参天、绿树成荫，一排排气宇轩昂的钢筋水泥房异军突起，在刺眼的烈日下，显得嚣张、突兀、别扭；还有开发的矿山、裸露的山体、退化的草场、干涸的河流、灭绝的物种、延展的沙漠，在无声地呐喊。种种迹象表明：春天，肯定没给沙尘暴发过请柬，是人类自己，通过各种途径，给它开辟了许多通道，让它拿着"特别通行证"，横冲直撞。

狂风，风沙，沙尘，尘世，世人，人心。词语的接龙，构成某种闭合环。当江山已不能作为漫长时空的坐标与人类的改造相抗衡时，风沙袭来，我想，除了捂住鼻子，你和我，假如心灵尚未积满尘埃，想必还能做些别的什么。

鞋上乾坤

鞋和船的意象，在我脑中不断交叉重叠。只不过，前者的根基是辽阔土壤，后者的依托是清涛碧浪。确切地说，鞋好比船，往往黑夜停泊，白日启程，摆渡人生……

当鞋子安稳地踏在脚下，倍感温暖熨帖。尽管不同的季节相异的场合，它有各自的面目，但终归是，承载躯体行进的工具。人们通过它输入对大地的爱恋；它则用自己的力量，来表达对主人的支持与忠诚，即便低到尘埃里，也要承担起主人所有的重量，拓印出行走的生动岁月。

记忆里，牵引童年的永远是塑料鞋和白球鞋。我用这两种廉价的鞋，交替走过四季，走过童年的原野。它们烙上我稚真岁月青枝落蕊的成长，只觉天地安宁，岁永日长。

塑料鞋，易坏易补，将火钳放在煤炉里烧得通红后，压在破裂处，待焦臭味和青烟咝咝冒出，抽开火钳，用力紧按烧烫处，一会儿就胶结了，且颇牢固。彼时的乡村生活，到处都是残缺破损的断口，只能用智慧把它们缀补连接起来。小时候，还没长到灶台高，就曾"自力更生"地补过鞋，手忙脚乱中火钳碰到手，燎起了水泡。母亲一边对着我的小手呼呼吹气，一边连声责怪："谁叫你做的？谁叫你做的？"我忍住眼泪不敢哭，知道眼泪会加剧母亲的难过，因为自己痛的只是手，而母亲疼的却是心。

待塑料鞋彻底穿坏了，人们就用它们换麦芽糖吃。有时鞋还能将就着穿，但远远听着卖糖担子叮叮当当地来，垂涎三尺，而身无分文，就趁大人不在家，壮着胆子故意把将坏欲坏的鞋子彻底弄坏，然后理直气壮地换上几块糖。当然，如此的"斗智斗勇"，总瞒不过眼尖的大人，事后免不了遭一顿打骂。现今，曾经的泪水早已风干了，而麦芽糖的酥香，依然留存齿颊。

白球鞋，在乡间尘土飞扬的泥路，难葆本色，才穿上一两天，就沾满了厚厚的灰尘。这就是乡村给我们每天的见面礼，虽污头垢面，却本真可亲。况且孩童生性好动贪玩，奔来跑去跃高钻低，因此白白的鞋面，常常有绿叶汁、枯草屑、黄泥巴、干饭粒、煤炭灰、鸡屎鸭粪等乌七八糟的东西；碰上阴雨绵绵的天气，或是第二天要走亲戚，晚上就速速把鞋洗了，搁在灶台烘上一宿，等天亮了，又开始新一天干净的踩踏和欢快的奔逐。

白球鞋驮着我们走到了丰足的年月。在五花八门的鞋的伺候下，脚越来越娇嫩脆弱，再也无法光着脚丫在沙滩、草丛、瓦砾堆、铁索桥、石板巷、木栈道、柏油路、水泥地、黄泥岗任意奔跑了。我们拥有了各式各样的代步工具，于是，步行成了出行的最后备选方式——似乎没了车、舟、轿、马，人们不知该如何用脚去承当那地面的坚硬和路途的遥远。

仍能见着木屐，它是陈旧时光的剪影。

旧时某个弄堂里的澡堂，氤氲的水汽里，潮湿的地面上，横七竖八躺着一双双木屐，踩上去，嗒嗒然，敲出一片闲逸。这样的声音画面，仿佛时光的钟摆都在打盹。

可有次在乡下，见着蓑衣斗笠之下，一双黑瘦而疲惫的双脚拖着木屐，在古老而长满寂寞青苔的石板路，从我的身旁，马蹄般地一路踏去，一时怔住。竟还有这样的鞋？长方形的厚木头，钉一条牛皮带，这般的粗拙笨重。还没缓过神来，那木屐早已远去，只留下江南烟雨里佝偻的背影，以及渐行渐远渐模糊的嗒嗒声。在我听来，这是一串沉重的叹息，湿漉漉地响在灰暗的土墙老屋的背景里，沉重地叩击穷乡深处的大地，让人不忍听闻，真应了那句"应怜屐齿印苍苔"。

绣花鞋，最是那一抹莲花不胜凉风的娇羞。

鞋面的章法，鞋帮的铺陈，鞋口的装饰，汨汨流淌着东方神韵。它只属于中国女子。不知杜甫笔下的"细软轻丝履"、李白诗中的"青蛾黛眉红锦靴"、白居易佳句里的"绣履娇行缓"，说的是不是这类鞋？

在我们这座城市，还有人穿了它，旖旎成景。布面、绒面、缎面之上，绵长缤纷的彩线横来竖往、错综复杂地绣了又绣，一片繁英绮丽，或是大红的牡丹在鞋尖唐突地开放，或是七彩的缠枝莲亭亭立在鞋帮，或是两只飞蝶站在鞋口深情地对望……说不尽的绮艳华贵，脱了俗的精致典雅，仿若晚秋落了地的黄叶，同时铺陈着岁月的寂寞与绚烂。抬脚的刹那，摇曳多姿，步步生莲，女性的婉约情怀，在绣花鞋细细碎碎的浅踏轻摇里，已然绽放，汪洋恣肆。

"金靴"，是最佳射手们的战利品，也是一份甜蜜的梦呓。无数健将心里时时眺望着它，它的光芒是如此耀眼，如夜空中的一颗璀璨星辰，摘了它捧了它，能够照亮自己的内心，也可以温暖自己的国度。"金靴"作为一种奖励，别出心裁，更多的是其象征意义。在硝烟弥漫的绿茵场上，你无论是用脚射球还是用头攻球，授颁的一律是"金靴"。在它的诱惑之下，赛场风云更加变幻莫测，随时诞生奇迹。从这点上说，它真是一只伟大的"战靴"，时时激活英雄血性。伴着尖啸的哨音和海啸般的欢呼，夺胜的意志不加雕饰，直至把欲望张扬成绿茵场上无比醒目的旗帜。

纪念馆里，草鞋时常映入眼帘。尽管日常生活大大方方地丢弃了草鞋，但它们不愿意悲情地自唱挽歌。

那是跨越二万五千里长征路的"红军鞋"，是贯穿一段厚重历史的"革命鞋"，模样粗陋，却有震撼的雄美。

草鞋历史悠久，相传为黄帝的臣子不则所创造，其最早的名字叫"扉"或"不借"，简约动听。在看古装武打片时，轻功超绝的侠士脚上绑着的往往就是草鞋，轻轻一蹬，已风一般地跃过高墙跳过河岸飞上山崖，总给人无尽想象。也曾有"竹杖芒鞋轻胜马""芒鞋破钵无人识""芒鞋踏破岭头云"等诗句来描摹它的洒脱不羁，但真正赐予它炫目光环的是可歌可泣的长征史。爬雪山，过草地，南征北战打江山，靠着草鞋，中华民族登上高处，走向未来。这样的鞋，不再是鞋，而是一段传奇，在可见的视像之下，沉潜着一个精神的光源。

穿行在时光里的鞋，覆盖着的，除了微雨轻尘，还有许多微雨轻尘般的故事，简淡的味道，浅淡的美。

暮春时分，阳光暖暖地流淌在临街的阳台上。母亲将全家的棉鞋，洗净了，一双双并排晾晒在阳台。这些曾经温暖过我们整个冬季的鞋子，安静地躺在熙暖的阳光下，进行收藏前的最后展示与享受。它们要把阳光的味道，满满当当地带进鞋柜。

阳台角落的三角梅，披挂了一树的繁红艳紫。阳台下的街边，有一群民工，慵懒地等活干，男的围在一起打牌，女的在纳着鞋垫，飞针走线描龙绣凤。他们生活困顿，却从未放弃美的追求。千针万线细细密密绣出的，全是生活的热爱和踏实的温暖。阳光下，她们来回抽拉的动作定格成一幅动人的剪影——原来这样一个风尘俗世，生命中那份缓缓的从容和满足，从未缺席。

生命不是一棵僵立的树，而是一条流动的河，鞋子也随之流转出别样的轨迹。多年前，与同事下乡。这位同事迷迷糊糊睡着了，半路掉了只鞋子，索性将另一只鞋子也扔下车去，以防捡到的人落单不能用。回头张望，半新不旧的鞋子，就在我们身后的路上一前一后偃卧，等待着另一个主人。起初觉得好笑，接着感动，他可爱的举动里，自有人间的温情。这样的人，肯定会找到合适的鞋，一步步攀涉人生的稳妥与安宁。

后来，看了另一个故事，说有人患上脚癣，定期总要扔鞋子，担心鞋子被人捡了去，脚被传染，便将前一晚酸馊的稀饭灌满鞋子，或有意将鞋子剪得千疮百孔。一样是个有心人，良知在握，慈悲萦怀。

一句台词，妙如箴言。"每个人都有一双漂亮的鞋子，而这双鞋子能够带你到幸福的地方去。"这也从旁注解，为什么每一个时代，都有女子送鞋给出远门的男人？不管是渗透指尖血的自制布鞋，还是掏钱选购的皮鞋，小小的鞋里，终有人生的寄托和未来的期待，希望自己心爱的男人能够在自己视线之外，顺利抵达幸福的站点。是啊，鞋好不怕路途远，即便是塞北江南、万水千山、望不断天涯路，有鞋在脚，爱便层层叠叠地裹在脚下，自此，每一步都踏在琴键上。

这双鞋，即便破了，浪迹天涯的人依然知道，远方总有一双素手掐着指头细细计算他的归期；总有一双深情的目光，把村路凝望成他脚上调节鞋子松紧的鞋带，紧紧扯着，扯着……

母爱是一条回家的路

她重重将门一摔，疯了似的冲出了家门，把母亲歇斯底里的咆哮不屑地甩在身后。呼啸风声地一路跑到巷口，才让徘徊在眼里的泪水恣意地爬满双颊。此刻，她需要泪水。

漫无目的地上了火车，她才突然意识到自己正在出走。她笑了笑，感觉自己是位孤旅天涯的少侠，带有一种悲壮的色彩。汽笛拉响的时候，她的心也开始跳跃。窗外行走的风景宛如精彩的戏剧，在窗玻璃上一幕幕上演，牵出她内心繁复多叠的遐思。而阳光则像谱子，穿窗而来，急管繁弦地敲打在她身上。她快乐得真想哗然长啸："我是解缆之舟！"

秋天的夜晚来得早，她还没看够窗外跌宕起伏的风景，无边的夜色就已潇潇而下了。渐渐地，枯燥与疲惫相约而至，一齐淹没了她，她提不起半点劲。原来，这样的快乐只不过是河上的薄冰，一晒就化。

夜色渐浓，不知觉间车厢已喑哑成一只寒蝉了。也许，这样的黑暗与孤独最适合思考；也许，上午摔门而去时的愤怒已如潮水缓缓退去，露出了理智的岛屿。总之，此时的她已在悲伤地诘问自己：难道母亲与自己的矛盾真有尖锐到必须以出走的方式解决？

于是，她脑海中像放映电影一样，历历闪现出母女俩愈演愈烈的冲突。一个月前，母亲指责她不该那么早谈恋爱，说稚嫩的手迟早要被带刺的玫瑰扎得鲜血淋漓的；再者，早熟的爱情就跟沙雕似的，美丽而速朽，到时只能落个伤春的咏叹和永难结痂的创口。她置若罔闻。她坚信自己可以理直气壮地走进初恋的小屋。她说她已在学途上遥遥领先，孤独得听不见身后的脚步声了，有时，真的很想发"既生瑜，何不生亮"的感慨。为什么不把富余的时间和精力投资给爱情呢？母亲说可以学琴、画画、创作小说，没有爱情，生活照样可以活色生香，甚至丰富得像捞饺子，一捞就是一大盘。她认为母亲的生活观过于现实，根本听不进她的话，仍在爱情路上气定神闲地走着。接下来，母亲便像换了个人似的，整天阴沉着脸，敏感得心里长满了眼睛，稍不顺心就大发雷霆，偶尔还沽酒买醉。于是，她开始讨厌母亲；家，则成了她心头抚摸得着的疼痛，她一直想逃遁。上午恶语相向的争吵，终于给了她负气而走的机会。

　　逃出来又怎样呢？唉——她幽幽地叹了口气，想：毕竟，母亲是爱自己的。母亲现在是躺在床上辗转难眠潸然坠泪？还是趿着拖鞋在冷清清的房子里惶然无措地踱来踱去？她情不自禁地牵挂起母亲，同时也开始后悔这次的贸然和任性。

　　她继续想着：母亲并没有错，她的担忧只不过是关爱的另一种表达而已。也许，错的是她不该为挽救女儿而付出那么惨重的代价：自虐式地投身于胜过黄连的苦海。不过，这也不能怪母亲，中国人数千年来刻在骨子里的隐讳和丧夫而抑的性格，注定她只能选择这样的方式。想到这，她自责地抓了抓头发。悟及正是自己亲手埋葬了母亲所有的快乐，更无法饶恕的是，她其实一直都很清楚自己对于母亲有多么的重要，任何不争气的行为都会深深刺伤母亲那颗苍老易碎的心。自责慢慢聚拢，结成冰花，落入心湖，她心中一凛，化成满心冰凉。

　　火车仍在不知疲倦地嚣嚣急行。驶过的铁轨犹如伤感的缰绳，把她拉回到昨日的时光。所有关于母亲的回忆堆成两个字：慈忍。想想父亲赍志而没，母亲便身兼父命地把她拉扯大，那种筚路蓝缕、卧霜眠雪般的艰苦实在是厚重难言的。而且要强的母亲从不肯在她面前流露出丝毫的苦涩，只把疲惫留给深宵的叹息和早衰的容颜。至于她那毫不吝惜的爱，更是绵密得如同冬日煦暖的阳光。转而想想自己，又曾给过母亲多少温情暖意呢？即便母亲是一株亚热带植物，不怕风雨，但也是需要阳光的。想及此，悲伤像鱼鳞般片片剥落，只剩下愧疚覆盖伤口。泪水又从她的眼眶里无声无息地汹涌而出。

"下一站是什么站？"她问了问邻座，不等对方回答，她又自顾自地摇了摇头。什么站？离家有多远？统统不重要。重要的是待车一停，立即下去，然后折身返家。她知道母亲一定在忐忑不安地等她回去。

近家，情怯。然而，远远地，就见着家门口梨树的断枝，剪裁着夜的墨色和弦月的寒意，而一米之遥的地方，灯光却潜入黑夜，缓缓扩散，用带着隐意的笔触勾勒另外的画面：门半掩，灯微亮——这个世界，即便一片荒芜，终有一扇门为她敞开。这扇门不显华贵，简单朴素，没有密码，不需验证，她随时都可出入——因为她是家里永远的孩子，这便是她随时可握住的钥匙。

雨纷纷

人间四月天,又逢清明时。这个节气,连空气都漾满思念的味道。

循着清明,回溯去年的另一个节日——中秋,我一生都无法忘怀的日子,在这个需要仰望的节日,我们却俯头痛哭。年仅42岁的五叔走了,很突然,无任何征兆。

我从福州赶回去的时候,五叔已穿好了"寿衣",躺在老宅的客厅。刚打完吊瓶的奶奶,喃喃地叨念着什么,浊泪满面。白发人送黑发人的悲哀,全在这木然的神情里。

我挨个通知棋子般散布于各个城市读书的堂弟堂妹,他们的年龄大大小小,与老家的路途远远近近,与五叔的感情深深浅浅,但为了见五叔最后一面,一两日内,风尘仆仆地悉数赶回。

在厦门打工的五婶也被"骗"回。她的工种是给树脂工艺品上漆,为了多赚几个钱,时常搞承包,旺季时的赶工赶货,夜以继日,心力透支。我们常劝她,这工种有毒,会接触苯等有机溶剂。她说知道,但日子总得过,有什么办法?我们无语。因为无力相帮,言语上的担忧,对卸掉生活带给她的重压无济于事,再多的话,也只能像绵软的风,吹一阵就过去了。她有两个女儿,乖巧懂事,都在上中学,成绩骄人。五叔眼高手低,碌碌无为,她得撑起这个家,没有退路。

困局在前,对五婶而言,说难过都是勉强。怪不得她的微笑,经常像幽蓝色的海水，上面阳光跳跃，底处是纵深的冰冷，以及静静的克制的汹涌。

现今，这个世界上最爱她，也最会烦她扰她伤她心的那个人，去了。怎样的残酷里，都是天地不仁。她，执经挽缯，肝肠寸断，抚着冰棺一遍遍呼唤五叔的名字，终至无声，无泪，无力。

中秋的月光很白很白，泼泼洒洒流泻下来。惨白的背景下，五叔进行人生的最后彩排。乐队的弹奏吹吹停停，纸糊的华屋红红绿绿，凭吊的人群陆陆续续，悲哀的气氛浓浓淡淡，哭丧的声音高高低低，亲友的心绪起起伏伏……这一切，只因有一个生命无故缺席，且此去经年，永不再现。

本属于收获的秋季，五叔的人生还未丰收，连招呼也不打一声，就扬长而去，无心无肺得令人来不及叹息。好比那晚的月亮，停在天空上面，白色冷冷铺陈，喧闹就此终结。可这是南方的秋天，南方的秋天啊，应该满是夏天的情味，不会是罗幕天寒，纤梗芰荷，也不至于弥漫"寒来千树薄，秋尽一身轻"的肃杀气息的。我亲爱的五叔，也才四十出头，叶盛花开的年岁，正是盛年的夏季。不料，一阵凌厉的风，一场肃寒的雨，就将他的生命拖入了迟暮的严冬，雪，终究落了，覆盖生命所有的色彩与印迹。

五叔，他的面容，他的思想，他落寞的神态，他与人嬉笑打趣的样子，他偏着头训人的架势，他的聪慧，他的倔强，他的懒散，他的仗义，他的爽朗，他的豁达，全都在这风清月白的秋天，收纳进暗暗的盒子里，深深埋入泥土中，于静静的林泉山边，享受长长的日夜了。踏秋归去马蹄疾，留给我们的是墙上的照片，面影宛然，令我们在阴阳两隔的世界照样感觉他的存在，在沉默寂静中仍能听闻他的声息。

分离，是一种浸泡记忆的福尔马林液，让隔世的想念成为永远。清明来了，雨，纷纷如常。五叔的一言一语、一颦一笑，如雨丝漫舞，点点洒落心底……

第二辑

历史魅影

色彩坊巷

三坊七巷是一种时光与文化的包裹，是一个"场"，面对它，你会被一种能量吸引，实现心灵的穿越和抵达。青石，白墙，黛瓦，朱门，幽巷，古榕，曲翘屋檐，古铜门环，镂雕窗棂，亭台假山，这些精妙绝伦而又色彩斑斓的具象，也许抵挡不住时光的侵蚀，会逐渐褪色甚至湮灭，但浸润其中承载其上的故事，却永远不会像风一样消逝……

红

随便拐进一条坊巷，都有宏威肃穆的朱漆大门，开合间暗哑滞涩。这些深宅阔院、朱门玉砌，已不会让我吃惊，这是三坊七巷的基本元素，因为这里曾经云集着达官贵胄、文人墨客、帅相武将。随便推开一扇朱颜斑驳的大门，都在打开历史的册页，沧桑与荣耀扑面而来。

红色，哪怕陈旧斑驳，都有一份说不尽的雄威；红色，即便经风透雨，仍有一股可触摸的温度。

宫巷 26 号，沈家大院，朱门开敞，门槛低矮。从宽宽的门洞往里看，仿佛能洞穿古往今来。一百多年前，一位风云人物曾从这里出发……

1866 年 9 月，主事的左宗棠在船政局筹建不久即调任陕甘总督。

走马换将非小事，左宗棠思谋良久，最后"丁忧在家"的沈葆桢进入了他的视野。左宗棠三顾沈宅，时隔百年，我们无法推想当初左宗棠纡尊降贵一次次往沈家大院走去的执拗与恳切，无法推想两个位阶不同、口音有异的官员晤聚细节，只知道，沈葆桢坚辞未允，直到朝廷降旨"先行接办"、"不准固辞"，方走马上任。

紫微斗数，星相命卦，都有提到"贵人"。左宗棠称得上是沈葆桢生命中的贵人吗？算不算在关键时刻扶了他一把？

不管如何，左宗棠的眼光是犀利的，历史的选择也是正确的。一列数字略能佐证：8个寒暑，共有5艘商船和11艘兵舰成功下水，船厂由最初的200亩，扩展到600多亩、3000多名工人。有人这样评价左沈二人对船政的贡献："创自左宗棠，成于沈葆桢"。

坊间传闻年轻气盛的沈葆桢曾写过一首咏月诗："一钩已足明天下，何必清辉满十分。"林则徐看了后，提笔将"必"字改成"况"字，一字之换，意思全变。没有谁限定顶戴花翎就不能平平仄仄地吟风弄月、雕章琢句，况且从沈葆桢丁忧在家时挂出店招"一笑来"当街卖字的史实推导，沈的诗书雅好有如关不住的水龙头，滴答不停，因此，这则秩闻可信度很高。有趣的是，一个谦虚谨慎，一个目空一切，两者居然结成翁婿。这等秩闻，除了点出汉字的精妙，也为历史点染几许别样的色彩。

当然，我更关注的是史实：主持船政期间，沈葆桢在宫巷宅第专门设立一个办公场所。因此，这座豪门深院里除了锦衣华服、书香盈袖，更有一腔殷殷的热血，伴着高积牍案的累累卷宗，融注在十几公里外马尾造船厂的隆隆机声里。

1874年5月，11艘兵舰载着3500名日本兵进逼台湾，李鸿章力荐沈葆桢率军直赴台湾。"此次并非升官加爵，而是临危受命"，被誉为"乡党众口交推，中外华洋共信"的沈葆桢没有丝毫推辞，爽快得如同瓶中泄水，落地有声，且立誓"裹革而归"。最后虽无血染沧海，但沈葆桢英勇无畏的气魄，终把虎视眈眈的日军吓退，危机不战而解。

翌年，沈葆桢出任两江总督；4年后，这位忠心耿耿、刚勇善断的名臣在异乡南京，为大清王朝过早淌尽了最后一滴血……东风不再，桑梓难归，他在咽气时，是否恋恋不舍地南望故园？

离宫巷不远的杨桥巷17号，同样一座豪门世宅。昔日的垂杨小巷已成通衢大道，车水马龙间，高楼林立、繁华如织。幸运的是，这座老厝顽强坚守，未被时光吞没，亦未被时尚挤兑。这得感谢一位血溅黄花岗的青年和一封感天动地的书信。

——这位青年便是林觉民，这封家书就叫《与妻书》。

林觉民的生命永远留在了24岁，留在了繁花茂树的青春盛年，留在了这封满纸伤情的薄薄信笺，也留给了林家无尽的伤痛，留给了后人无限的惋惜和景仰。

故居里装备了声光电仿真模拟系统等现代化陈列设施，政府的重视与投入可见一斑。透过陈展的影像和物件，我们更多看到他的血性，即便是柔情似水的诀别书，一样能读出他丰沛勃发、慷慨激昂的男儿血性。

循着"血性"这一核心词，也就不难明白，在童生考试时，13岁的少年郎为何能够写下"少年不望万户侯"后一甩长袖掷笔而去；为何能在昏暗的灯下汩汩淌出一篇篇檄文；为何能以"指陈透彻，一座为倾"的感染力四处演讲；为何能在家中操办起别开生面的女学；为何给自己起了一个穿云破日的别号"抖飞"；也就不难明白，为何没有任何事物能阻止他做出死的选择，"飞蛾扑火一般把自己的生命放出去"。

纵横英雄气，缱绻儿女情。入选两岸中学教材的《与妻书》，情深意切，字字泣血，句句锥心。为国捐躯的激情与对爱妻的深情交融辉映，黏稠深化不开，既缠绵悱恻又豪情干云。有人称这封写在小小一巾素帕上的书信，是20世纪最伟大最纯洁的情书。

从白棉笺布上多处洇湿漫漶的墨迹，可推断他在香港滨江楼挑灯奋笔时也是双目噙泪。一个人在跨越生死的当头，怎能不心波翻涌、百感交集？然而，那时而滞涩时而顺畅的笔触涂抹出的，一定是他内心的犹豫和胆怯吗？那个匆促得挨不到天亮的夜晚，一边将最深的情感付诸"为天下谋永福"，一边将最浓的眷恋凭纸传语报爱妻，当时内心的纠结苦痛不难想象，这恰恰也凸显其勇义——谁不渴望两情缱绻日夜相随？但国难当头，匹夫有责，他擦完热泪，就大步走上"舍小家而顾大家"的不归路了。

静静地站在陈列馆里，透过泪浸起皱的笺帕，林觉民的豪情侠义仍汹涌而来。当年千里之外的刑堂之上，阵垒相对的两广总督张鸣岐对林觉民劝降不成，下令"就地正法"。丢下那个死符，对于张总督有多难多痛苦，只有他自己知道。他是如此仰重林觉民："惜哉，林觉民！面貌如玉，肝肠如铁，心地光明如雪，真算得奇男子。"三个比喻，从内至外，形神俱赞，赞叹中满含锐痛，这种痛是痛惜，痛惜林觉民不是同一方阵的人；这种痛是痛恨，痛恨自己被迫亲手结束了一个不该结束的生命。

当子弹嗖嗖地洞穿他如铁如玉的身子，一个斯文俊朗的知识青年、一个壮志未酬身先死的热血儿郎、一个儿女情长而又充满理想主义和浪漫色彩的性情男人就此倒下，倒在了那一截被子弹射穿了无数窟窿的历史里。

"寂寂黄花，离离宿草，出师未捷，埋恨千古？"在此次"崇高的失败"中血洗辕门的，还有他的堂弟林尹民以及方声洞、林文等闽都英杰。杜鹃啼血，黄花开遍山冈。

与林觉民有着同样气度和风范的，还有一位住在郎官巷的同姓好儿郎——林旭，"戊戌六君子"中最年轻的那位。1898年9月萧瑟的秋风中，临刑前，23岁的林旭仰天长啸："君子死，正义尽！"被腰斩的刹那，血流如注，如同一道彩虹划破长空，尔后跌落，带着红色与温度淌进历史深处。他不是郎官，胜似郎官！

借着林旭的话题，把他妻子沈鹊应推出来。先不说她结缡前的身份和光环——沈葆桢的孙女，单单以她的才情烈性，就该浓墨重彩地大书一笔。眼底江山摇落，笔下乡关辞赋，化作一部《崦楼遗稿》，清词丽句诉衷肠，笔精曲妙情深微，颇有李清照之风，令人叹服。

叠叠字，能写叠叠悲；叠叠韵，怎压得住叠叠愁？痛到深处心无语，当她为殉难的夫君写下挽联"伊何人，我何人，只凭六礼传成，惹得今朝烦恼；生不见，死不见，但愿三生有幸，再结来世姻缘"时，想必"酸泪如绠"，碧血穿肠，不可遏制地涌起殉夫的打算。时隔一年半，死神向她敲响了生命回收的权杖，她终于回到生命最初的地方。是解脱吗？咸涩泪水沤烂的日子终于收尾了，所有的生离死别与思念痛楚，最后都因她的殉情合葬而风烟俱寂。只是现今，薄命夫妻的故居没了，"千秋晚翠孤忠草，一卷崦楼绝命词"的石刻墓联也没了，江风声喑，乡关何处？荒烟蔓草，碧血谁收？

时光再往后推，还有一位才俊从黄巷呼啸出发。1925年他顶着头名的光环来到黄埔军校，随后在北伐战争、南昌起义、反"围剿"、长征的硝烟中，成长为"一代儒将"，曾任毛泽东的军事教育顾问。他的名字叫郭化若，谁能像他这样，七十来年在军界驰骋，浮沉坎坷几起落，武略文才自风流？而今，斯人杳逝，但丹心可鉴，留得"点墨在人间"。

时光洗劫了一切，但英雄的最后一滴血，溅上了封签般的门扉，映山红一般艳丽盛开。从他们一个个渐行渐远的背影中，依稀可见那片汇集的神圣中国红。

黑

从高处鸟瞰这片古老街区，坊巷横来纵往、毗连贯通，黛瓦相接、累累牵衔。屋顶坡面高低起伏，画着优美的弧线，千条万带见首不见尾，犹如苍龙竞渡，风生水起。

细瞅，便呆住——鳞鳞黑瓦，层层叠叠，最单纯的黑色，竟铺陈出最丰富的层次与光影，是淋漓的墨汁，是黎明前笼罩的夜色，是晶亮的眸子，是眉睫下忧国忧民的眼神……

郎官巷16号的花厅，时间静止在1921年10月27日，一位点亮中国近代思想的老人，永远睡进了乌漆漆的棺柩。你一定猜出了这位老人是谁——严复。

风云激荡，是非起落。他一生的步履时而通达，时而蹇促；时而立在时代涛头，时而又与历史偏离。按照官方设定的轨道，他本应像他同学刘步蟾、萨镇冰等人一样成为军事家，却惠风吹成高才饱学的思想家；一个主张废除科举制的人，却四度入京赶考；一边痛恨鸦片，一边在意外中染毒成瘾；早年充满激昂的斗志，晚年却倾向改良主义；袁世凯复辟时他名列"筹安会"，在坚辞袁氏巨额支票的同时，却又三缄其口不辩不斥；他与颖秀超群的林旭同巷居住，除了《哭林晚翠》一诗中表达悼念之情外，便噤声息语，不另着一字……

一时间，真让我们看不清他内心的图景。是否因取名为"复"，便注定了人生繁复多叠、遭际跌宕？

不过，青册简编上终究刻着他的大名。从1898年开始，他挟着《天演论》的电闪雷鸣，击破沉沉乌云，唤醒沉睡的大地。他四处演讲，发出的呐喊振聋发聩。此时的他，已然华丽转身蜕蛹成蝶，从一个籍籍无名的小教习变成举世闻名的思想家，拥围着炫目的光环与世人崇敬的目光。然而，他合上眼的时候又是如此凄凉寂寞，只有次女在侧，不过总算把最后的灵魂放在了幽静的郎官巷。没有风，没有云，没有岁月可回头，幸好，有乡关可走。

"文儒坊"三个字，怎么读都像是一张洁雅的宣纸，上面笔走龙蛇，墨汁四溅——

时光的长袖，总是拂拭着一切。这条文气滔滔的巷子，也经历着诸多变迁。旧名"山阴"，笼着一层湿气，仿佛能闻到浊重的霉味，当这个巷子次第走出一拨拨鸿彦硕儒时，顺理成章地改成了"儒林"，英才迭出的故事，估计够写一部《儒林正史》了。后来，宋代祭酒郑穆居于此，易名"文儒"，一字之差，尽得点睛之妙。事实上也确是"路逢十客九青衿"、"谈笑有鸿儒，往来无白丁"。除了郑穆之外，坊里还先后住过台湾总兵甘国宝，抗倭名将、七省经略张经，末代帝师陈宝琛之父陈承裘，《福建通志》主编陈衍等风流俊彦。

你可以不熟悉陈衍的诗句"谁知五柳孤松客，却住三坊七巷间"，却不能忽略一块石碑，今天它仍然那么醒目地竖立在坊口的北墙。"坊墙之内，不得私行开门并奉祀神佛……"这是光绪辛巳年（1881）订立的社区公约，古旧却完整，估计世上罕有，是"城市里坊制度的活化石"。读着清晰如初的阴刻碑文，能感知当年的规程森严和民风有序。这是感性之外的理性，弥足珍贵，令人深思与赞叹。烟霞满巷，文脉沛然，风流名士层出于此，也就不足为奇了。

文儒坊47号乃陈承裘故居。这是一个不能一笔轻轻带过的人物，他颇有成就，更重要的是他衍生的血脉，竟一个个接踵凸起，星珠串天，处处闪耀。也不知是哪辈子修来的福分，他膝下六子皆中举，其中三进士、三翰林，加上陈承裘这个往届进士，冠称"父子四进士，兄弟六科甲"，真是个青出于蓝的滋衍，是个拖金纡紫的家族，一门二代翻卷起的高才巨浪，就这样溅湿了那个年代的江岸。据说远在京都高高坐龙廷的皇帝，听闻陈氏一门的奇崛高迈后，亲题"六子科甲"蓝底金字的匾额派人送到陈府，由此陈氏名噪一时，村氓邑士无不引颈瞻望。

无独有偶，在文儒坊52号叶观国故居，还有一个"五世八翰林"的纪录，以代有能人的稳稳承袭，抵挡独行的残酷。自叶观国这位擅作福州乡土杂咏诗歌的文人在1751年中进士并入选翰林院后，其家又科甲连绵，世宦相继，下延五代，共计八人中进士，入选翰林。"满门冠簪，一户生辉"，堪称空前绝后。这种攒聚式的加冠晋禄，除了优秀基因的遗传，更是优良家风的弘扬。当然，也再次印证文儒坊之文教昌盛、人杰地灵，才子佳人济济。

且说陈承裘长子陈宝琛，晚年成为末代皇帝溥仪的老师，在紫禁城可打马而过。这位自号"听水居士"的名儒，能屈能伸，闲放有闲放的活法，重用有重用的担当。赋闲在家，他干脆访山听水，诗文酬唱，自遣其乐，当然，隐世而不绝尘的他不会闲出病来，亮出一招：创办新学，力倾教育。一旦重用，又呕心沥血，他63岁官拜帝师时，发已花须更白，仍赤胆忠心孜孜不倦地教授溥仪，以期扭转乾坤。即便在辛亥革命后回乡修建"望北楼"，依然"丹心朝北阙"，魂系天下，不忘社稷，真是殷殷老臣，拳拳之心啊！

在与林纾的酬唱答和中使"三坊七巷"这一名号远播八方的陈衍，就住在文儒坊大光里8号。虽然在科举路上多次折戟沉沙，但不妨碍他成为近代著名学者、诗人、教育家、经济学家，有大量诗文经史作品留存于世。他所揭橥的"同光体"诗论，对近代诗坛影响自是不言而喻。他自醒多思，曾"译述西人向来欺我者文章，揭载于报，以醒国人"。得知郑孝胥倒退投暗晚节不保，素有交情的他断然与之绝交，足见其傲洁风骨。

有趣的是，这样一位珠零锦粲的老人还以"萧闲叟"的署名编写《烹饪教科书》。君子未必远庖厨，他在舞文弄墨之外，宕开一笔，探向食谱去寻找饱食暖衣的诗句，致力于提高民国女子的烹饪技艺。七十道菜谱娓娓道出人与生活无法疏离的关系，在每一道菜的菜名、原料、技艺、味道、功用之间，似乎贯穿一根灯捻子，蘸着绵延的煤油，试图为寻常人家拨亮一盏安身立命的长明灯。

举头吟诗，低头吃饭，一处闲情一烟火。但于陈衍而言，诗文是他的锦衣，厨艺是他的素袍，无论何时，穿了哪件，都不至于降低身价、失了身份。

就在斜对面，是那个写下"米家船"赐予林家裱褙店的学者何振岱的故居。"米家船"之名，贴切而荣耀，古典幽梦，纸上行舟，"这条船"起锚扬帆航行到了今天，静静泊在了南后街42号。据说何振岱是为了串门方便，特意购买此屋。虽有"孟母三迁"典故及"近朱者赤"名言，但"串门图便"的理由乍一听还是有点稀奇，不免勾起奇问：一个人究竟有多大的魅力，才能吸引一位风流逸士前来做邻居？当年高墙之内不绝于耳的琴韵诗吟，早已风吹云散了，不过，悠长宁谧的文儒坊应该记得这段"文人相尊"的美好过往。

一个人，两条巷，如何的机缘才能在短时间里发生关联？黄巢做到了。

黄璞，住在黄巷；黄巢，路过黄巷。前者为学者大儒，后者为草莽英雄，除了同姓，本无交集。但在某个漆黑的夜晚，故事上演了：一个令整个唐朝地动山摇的姓黄的人，为了另一个姓黄的素昧平生的人熄灭火炬、令马衔枚。这一招，黄巢发自内心，做得也恰到好处。小小年纪就吼出"满城尽带黄金甲"，可见内心有多孤高狂傲。但就是如此一位呼风唤雨、不可一世的人物，经过黄巷，竟让一切都暗下来慢下来静下来，这令人意外且心生暖意，多多少少为他加了形象分，也为这条本已写满故事的巷子美化扩容，陡增一抹惊艳。

后来楹联大师梁章钜引疾归田时，隐居黄璞旧居，修楼筑园，命名"黄楼"，全然一副淡泊的心性、低调的姿态。梁园也好，黄楼也罢，不过是个符号，重要的是"黄楼月色杨桥水"，月色依旧，绿水长流。近年，福州还举办过"梁章钜杯"海内外三坊七巷楹联征集大赛，看来，怀念并不遥远。

"锡类坊"易名"安民巷"，也与这位唐末农民起义首领有关。是义军统帅躬亲察看挥手一指，还是下层官兵步之所至随手一贴？年湮代远，琐碎的过程早已如大大小小的石块跌落在时光流水之下，深不可捞。然而，这条当时算是城乡交界处的无名小巷的某一堵墙垣，确曾白纸黑字、方方正正地贴着"安民告示"。

时序如流，光阴荏苒，巷名数度更迭，翻来覆去中仍以"安民"字号传名立世。想来，轻轻薄薄一张纸，承载了世上最厚重的温暖。还有什么比国泰民安更美好的呢？岁月静好，人世清欢，原都在这旁逸斜出的枝头。

白

马鞍状的风火墙，刷着白灰，在黑瓦庇荫之下跌宕连绵，汪洋成片。有时，粉白皑皑的一大堵墙，铺展蔓延在你眼前，蔚为壮观，其实是不同人家盖的，但彼此和谐接续，俨然一体，宛如没有间隔的光阴。

久久仰视，墙体玲珑的曲线呈波浪形前后涌动，逶迤不绝，总能感受到白浪翻卷的模样和大海浩瀚的气息。

前面提及的杨桥巷17号，一左一右的门柱同时挂着两块牌匾——林觉民故居、冰心故居。没错，一幢宅院，先后住过他和她。

1900年10月5日出生于福州的冰心对大海有着眷眷深情，不仅由于父亲谢葆璋是一位海军军官，更因为她美丽的童年在海边城市烟台度过，且在海上结识了终身伴侣吴文藻。因此，她深爱着茫茫大海那无边的柔蓝，发自内心地吟唱"哪一次我的思潮里，没有你波涛的清响"。

白浪滔天的大海，给了她宽阔的胸怀；漫长曲折的海岸线，给了她绵长的爱，"有了爱就有了一切"——爱的哲学贯穿着她的人生和笔耕，《繁星》点缀苍穹，《春水》流过心田，《小橘灯》的微光照亮前路……难怪，作为冰心祖籍的长乐在提炼城市精神中，毫不犹豫地注入了她的"爱"。

烟云飘荡，杨桥巷里的"紫藤书屋"已然不是旧时模样，但涛声依旧，她爱的呓语已化作天风海涛，经久不息地回响在广袤的天地。

瓷器般玲珑剔透的林徽因，与这座庭院也有着某种明明灭灭的关联。林觉民是她血脉相连的堂叔。

但凡热爱文字或酷爱建筑的人，大概都认得那个有着一段颀长粉白的颈项，穿白色立领斜襟盘扣民国学生装，眉弯似月，双眼盛满了光，嘴角浮着浅梦似的微笑的身影。有些美艳，不一定要花枝招展，一如这帧照片中的林徽因。

林徽因唯一一次故乡行，是1928年的8月，当时刚嫁作人妇，回乡度蜜月，并与孤栖独宿的生母聚叙，在福州待了个把月，择宿于仓山青萝蔓蔓的可园，未曾在这座宅院待过一时半刻。然而，世人追慕才女的眼光总愿意在此多作停留。前些年，该院顺势新辟一块属于林徽因的陈列天地，供游人缅怀。她的绮衣丽颜，她的诗情荡漾，她那些风华韵致，那些微笑、理想以及缱绻情意，隐隐映照在一角图文里，点醒着我们去静静怀念那个永远的"人间四月天"。

纵然时光的尘埃一层层落下来，也掩盖不了林徽因的璀璨光芒。她是国徽与人民英雄纪念碑的主要设计者，是清华大学建筑学院的创建者，与其夫梁思成被并视为现代中国建筑学的创始人；同时，也是文化名流，被胡适先生誉为"中国第一才女"。她出生于烟雨迷离的杭州，却始终视榕叶弄笛的福州为故乡，故土难离，乡音未改，福州话一直说得地道顺溜。而福州也没忘记她，福州记得的是一个文能纵笔写诗文、理能登墙测梁架的旷世才女，一个吹气如兰、光洁照人的大家闺秀。

她设计了一块石碑，安安稳稳地留放在福州城北的国家森林公园。可是，留给我们的念想和惋叹，却永远放不下了。那就搁着吧，在心里，不必卸载。

稍微走上数百米，就是光禄坊。坊名自有出处，据载是因曾任光禄卿的福州郡守程师孟在移知广州时留下的墨宝——"光禄吟台"而冠名。时光处处按下删除键，但此处旧迹竟然未像蛛丝一样被轻轻抹去，它还完好无损地站在原地。近旁人来人往，车声呼啸，但不影响它继续被许多念旧的人，津津乐道和慕名踏访。

1833年，林则徐曾受房主叶敬昌邀请来此放鹤遣怀，留下"鹤蹬"两字纪念。时光的大帚再向前扫过40个春秋，此时的林公已随白鹤去，戏剧性的是，这处私宅已交到了他外孙女手上，即沈葆桢的女儿一家。沈葆桢临死前，不忘留下"究竟笔墨是稳善生涯，勿嫌其淡"的嘱咐，可喜的是，没有白交代，文脉随着血脉"稳善"传承。他的外孙李宗言、李宗祎兄弟延续了他的遗风，诗书继世，就在光禄吟台组织起曲水流觞的诗社来。

诗社计有19人，活跃着陈衍、林纾、陈三立等长袍飘飘的身影。随便拎一个名字出来，都是响当当的，仿若其诗文一样，玉振金声。吟台之侧小池那粼粼的波光，一定回荡过这些声波，并将共振过的波音传得很远很远；而酬唱互和的吟台中人，想必知道葱茏的诗情是如何的水洗无尘，也一定明白诗社所供给的滋养是何等的丰沛无边！

说到光禄坊，绕不过一条小巷子——早题巷。该巷4号，为清初大诗人黄任的故居"香草斋"。他名重一时，拥奇砚十方。时光如同曲行的溪流，兜兜转转，林觉民在广州殉难后，家人将宅子卖给了冰心祖父。林觉民妻子陈意映拖着8个月身孕领着一家老小仓皇逃难，落住的正好是这个院子隔壁一座二层小楼。某个风高云重的暗夜，好心人冒险涉危将藏有两封遗书（《禀父书》《与妻书》）的包裹偷偷塞进门缝。当天的夜色隐匿了送包人的匆匆影踪，但能掩盖一个弱女子的惊恐吗？何事秋风悲画扇，无处觅良歌，思夫心切，积愁成疾，两年后，留下遗腹子，一个少妇便香消玉殒了。回忆至此总是心痛低回：义士断头，佳人落泪，韶光易逝春归早！

1937年，郁达夫夫妇宦游福建，也短暂客居早题巷1号。短屋相接，数米之遥，不知这位高才雅士，是否发现过林觉民夫妻的影像？作过怎样的思索与遥望？

着白袍涂油彩的甘国宝，至今依然活跃在舞台上。确切说，他是一名武将，自19岁时中武举、24岁成为武进士后，一个"武"字便相伴终身，车辚辚，马萧萧，霜雪满弓刀。翻开史料，前面还埋了一个伏笔——他14岁参加文童考试，名列前茅；另外他擅长以指作画，所画之虎神态各异、栩栩如生，因此，他选择住在文儒坊，倒也没委屈这条文绉绉的巷子。

从乾隆二十年（1755）开始，甘国宝相继任贵州威宁、浙江温州、闽粤南澳总兵，兵权大握，为国效力的人生画卷由此徐徐铺展。金戈铁马，岁月倥偬，稍加打量，这轴画卷最出彩的章节，就赫赫然定格于台湾这块不大的版图。自1759年临危授命来到台湾平息内匪外患，他多措并举，使"兵安其伍，民安其业"，岛内一派祥和。照说，这样一位披肝沥胆、功勋卓著的文武雄才的故居，理应保存完好。遗憾的是，1938年6月那场百年未遇的洪水翻卷着滚滚白浪从甘家大院踏过，一瞬间，墙塌梁倒，一座庇佑过一代名将的房子的璀璨生命，就这样，来不及叹息就化为了泡影。

人走了，楼塌了，但属于甘国宝的故事呢？随之终结了吗？听说，他故乡屏南小梨洋村后院的梨花又开了，白茫茫几树，琼花胜雪，犹如祭祀时白纸灰飞。而福州坊巷深处的急管繁弦里，宽袖白袍的他又粉墨登场了。这一刻，我恍知他的传奇，远远没有画上句号。

红、黑、白——逸笔草草的三个色块，无法勾勒出三坊七巷的万千风姿。但我还是想搁笔了，因为前面记述过程中，思绪与笔端无法遏制，枝蔓缠绕，短杈横斜，尽管一再下意识置身于远年的场景，细细梳理，然而力有不逮，仍在坊巷间绕来绕去。写的是坊巷，却又不全是，着墨更多的是坊巷里生活过的风流名士，他们才是这方土地的"文脉"。本想笔走一段，就不再回头，跳离某个场景和人物，可是拐了个弯,又碰上了。于是,就这样迂回转折,反复进入。

当我穿行在喧嚣散尽的坊巷,感受着湿润的海风在白墙黛瓦与亭台楼阁间绵绵而过时,许多瞬间,都有一种历史与现实相契的恍然。坊巷幽深,古风吹过,停了停,打了几千个结。时空交错,场景交叠,人物交织,其间青史留名的人物,都或多或少发生着某种关联,千丝万缕,牵丝盘藤,犹如锦绣缤纷的长线,经来纬往地织了又织,织就一幅繁复绮丽的彩帛,高挂在历史的墙头,供后人品评……

上下杭：泊在江边的恬梦

一

有些街巷，因为由盛及衰，因为一段或明或暗的历史以及一种席卷而来的沧桑，令人好奇、趋近并愿意为之努力。

上下杭，便是。

翻开《双杭志》，闽江的长风碧浪就在册页间不休不止地流荡翻滚。在离闽江最近的地方，为何有此街巷？曾经的万亩波光，寂寞沙洲，第一棵草木，第一块石板，第一行足迹，第一缕炊烟，第一家商铺，第一宗买卖……已是很遥远、很遥远的物事了。记忆的片断总被乱风剪断，但白纸黑字的记述，一落笔就是几年、几十年，还原了无数个远远近近宏大鲜活的现场，将时光的珍藏和盘托付给寻找往事的人。其间埋在岁月深处的壮阔曲折，总不免令人在回溯中生发些许感叹和自豪。

我时而游离脉络，时而融合事件，将分散在字里行间寥寥数语的细节和碎片细细拼接还原，得出一个结论：所有具物与时光的关系，无非像喝酒，拼，或者敬。

上下杭，也历经了兵燹、水患、火灾、雪暴、疫乱、人祸等灾连祸结，有的灾难是习惯性访客，不请自来，譬如洪涝灾害。《双杭志》中，"溺""没""漂"等字眼就百般放纵地出现，其中万历三十七年

(1609)的洪灾更是触目惊心,"浮尸败椽,散江塞野",但命大的上下杭均一次次化险为夷,在跌跌撞撞中挺了过来。如今,它已改头换面,从名字到面貌,再从状态到气质都迥异于前,然而,当我在邈远的时空和熟悉的地域这二维向度审视它时,却依然熟稔。地名永远是骗不了人的,"杭"的前身为"航",看着它,眼里仍能映出蓝汪汪的水来,似乎还间杂着咸湿湿的鱼腥味和撑篙人意幽幽的号子。

那就趁着这股水淋淋的湿意,说说水吧。《三山志》说:"有江广三里,扬澜浩渺,涉者病之。"此江便是千年流淌的闽江,时光逶迤,水路流转。

有江便有沙,沙粒微小,却也聪明,像藤蔓不满足自己促狭的地皮,借着水力,向岸边拥去。这群沙刚冲撞过来,那群沙又扑跌而至,泥沙俱下,前赴后继,重重叠叠,终究粘连板结一处了,直到蛮霸的浪潮无法拍散它、淹没它,进而拓出一片新陆地——生命中所有的谋划都是如此坚忍不拔而又不动声色。

如此说来,闽江是上下杭的前身,闽江的胎盘孕育了街巷,或者干脆说这片变迁的街巷本身就是闽江的一部分,两者唇齿相依。即便如今,在江是江、街归街的空间格局里,照样能感知两者的地缘之亲投射在彼此生命里,斑斑驳驳,难舍难分。

二

站在大庙山张望,闽江就在山脚汤汤东去,稍远处青山绵绵,天边应是烟波森森的大海。既然阳光这般明媚,长风如此浩荡,一直一直传递着不可抵挡的力量,也就有理由对于这片有着远山远水的土地上生活的人提出同样的要求——显见的辽阔与豪气。

曾于网上偶见一张照片,就在上下杭的某户人家,铁花栏杆的旋梯,实木的扶手前端扣着一个栩栩如生的龙头。每日登楼,紧紧抓住如此霸气之物起势攀高,龙腾虎跃也好,龙头引领也罢,总不免令人涌起一些意象——它是要抓住什么的——曾经的上下杭不就抓住了一整个时代！

"曾经"，当我用这个词时明白，这个辉煌的曾经也就是明代以降的事。明代，上下杭初崛，有了这个伏笔，美好的商业大戏就此推进；在清代中期至民国初年抵达高潮，故事多叠，情节密集，未曾间断。透过"城郭南有市，灯火夜眠迟""百货随潮船入市，万家沽酒户垂帘""近市鱼盐千舸集凌空楼阁万山低""才子挥毫春作赋，商人载酒晚移舟"这些镜头感十足的笔墨，像胶片倒带般回闪出一幕幕华图盛景。而曾经贴于一家理发店的"冠盖如云，大魁天下"铿锵豪迈的对联，也在诗文之外，成为昔日繁华富足高调佐证的民间版本。

上下杭鼎盛时期，百业俱兴，行栈林立，"聚集了260多家商行，经营物资多达500多种，特别是木材、茶叶、纸张、菇笋四大市场名闻海内外"，一时之间，这片不大的街区成为辐射全省、沟通省外及港澳台地区、东南亚各国的商品集散地，仿佛宣纸上一处湿重饱满的墨点，随便滴在哪个角落都能淋淋漓漓洇染出一片山光水色。与商业兴盛相伴的是金融业的兴旺发达，当时私营、合营、官办的各类金融机构纷纷驻扎于此，整日里算盘密拨，流水泠泠。

近年，上下杭被誉为"'闽商'及其商贸文化发祥地之一"，至此，这一段渐被遗落的辉煌时光，总算被另一个繁荣兴盛的时代所铭记。

记忆的指针回拨，"话当年"三星照，照见了帷幕背后的故事——

对于当年汹涌的商潮，谁都期望它的浪头能打得更高、冲得更远，因此，官方有官方的动作，民间有民间的心思。1785年，清政府在上下杭附近设置"福州海防分府"，管辖这一带商事活动。而聚集的几百家大商户，依地缘自行组建商帮，如福州帮、兴化帮、闽南帮、南平帮等，甚至有外省抱团取暖的江西帮、温州帮等。政有律令，帮有帮规，这些动作心思无非一个指向：规范发展、做大做强。这些心迹，张真君这一商神亦可朗鉴。

爱，总是有缘由的，话说张真君被当地人敬若商神亦有其街知巷闻的故事。具体说来倒不是其本身的神性或魅力，而是沾了地理位置的荣光，从"圣君殿前两头涨"的民谚中可窥一斑。张真君化身前是永泰县人氏张慈观，只是个行侠仗义修成正果的善士，与义有关，与商无故。但供奉其神像的张真君祖殿正好位于下杭路的星安桥与三通桥之间，祖殿坐北朝南，殿前三捷河面临商业区河道渡口，水涨时潮头两进，寓意"财源滚滚"；加上祖殿这样一个比较安静敞阔的公共场所，当时一些商帮人士聚此议事，渐成各商帮的活动中心。到了19世纪40年代，在此设立"福州钱业商事研究所"，自然而然成了各商帮、行业议行论市、互通情报之所在。

置身真君殿，想象着商人们双手持香，弯腰叩首，喃喃而语，那虔诚的眼神估计比三捷河水更清澈。信仰的功用从来并非虚无，内心得了圣君殿前流水有益的灌溉，再到神像面前祷求时，一边追逐财富，一边肯定还盘算着跟天堂有关的东西。这至少让他们不至于见利忘义，甚至因礼俗教化及内心敬畏，自生悲悯而乐善好施。

而今，张真君殿是在的，翠荫掩映，香火袅袅。三通桥也是在的，石板斑驳，躬身无言。据说此桥先是被拆，后经多方呼吁，于2004年得以重建，不过没在原地，移了方位，经此折腾挪移，汇潮的自然景观亦荡然无存。如果非要找出象征意义，至少两个：一是三通桥从历史背阴处直通到人心，支撑它重建的正是人的粗健骨骼和内心轮廓；二是浮世里，一些与美好关联的事物在时代高速运转的履带上有时会晕了方向，甚至无端寂灭。

三

早春的某个下午，我热忱地贴近上下杭。一边是穿越宁馨季节和人潮汹涌的街头直奔而去的我，一边是穿越风霜雨雪静守一隅的街区。我与它的刻意相见，它究竟会给我多少情深意长的馈赠？

远远望去，暖暖的夕晖铺在砖墙黑瓦上，置身于如此一幅冷暖交杂的油画前，恍若隔世，无以言说。一些幸存的会馆钉在那里，时不时撞入眼帘，在人来人往漠不在意的背景下，携着它的庞大、坚硬、寂寥、沧桑逼袭而来。岁月是怀旧的，砖瓦是怀旧的，故事是怀旧的，旧到人心隐隐作痛。

在时光面前，苍老与倦意本是不可避免的两样东西，但当我伫立在会馆前，心灵深处还是禁不住涌起了一层层忧伤——时代骎骎而走，可零落的会馆甚至整个上下杭终究回不到过去了。包绕在会馆周围的依然是蛱蝶穿花、枝杈凝翠，甚至灯红酒绿、车水马龙，可人去楼空的建筑本身，不管过往如何的繁华，少了追梦人的身影与声息也是一样的落寞。

殊不知，这些旧时的"驻榕办"或"同乡招待所"的门槛下，朝曦暮霭里频繁进出的曾是怎样自信挺拔的身姿。他们来了又去，去了又来，来来去去间，遥想他们当年河山入梦的雄心壮志、乡思入云的苦闷惆怅、赶路的匆匆步履以及磕绊摔倒的破皮、毛刺、血泡，一一都淹没在会馆里了，最后把打拼创业的流金岁月渲染得血色斑斓。

据载，上下杭最盛时共有会馆16家，其中短短的上杭街更是集纳了12家，堪称"会馆一条街"。扫描一下诸会馆，面积规模不一，外观各具特色，然而又有相似的基本格局、功能及装饰，刻着同一时代的烙印。厅堂、神殿、戏台、酒楼、厢房是少不了的；斗拱翘檐、雕梁画栋、漆金错彩则是门面的必须；而牌匾、楹联、字画亦是加分提气的项目，会在最醒目的地方一一张挂；环境布置更是挖空心思，假山堆垒水潋潋，园中花木总扶疏。

光阴是指间的漏沙，现今，有的会馆已不复存在，连残砖剩瓦都无处可觅，曾经重门叠户，讳莫如深，转眼间夕阳西下，野草黄花，让人感叹流年似水。有的还保持原样，守着清寒，不失刚硬与自尊。有的修葺一新，多少还原出往昔的奢华幻影，典雅而不失威严，华丽却又见古朴。仰望坐落于繁华地段的古田会馆，感觉保存完好的它犹如一个精美的包装盒，需要倾囊打开才能看到真相。然而，细细打量，感觉那也只不过是供人缅怀的旧前芳华，浑浑然遁入想象，耳目里晃动的全是微风、微雨、微凉，微黄的落叶、微乱的人流、微喧的闽音，刹那间，内心百转千回，疼痛微微荡漾。

当年活跃在各个商帮里的商号应该有黄恒盛棉布行，德发、义美京果行，生顺茶栈，蔡大生鞭炮行，聚源发、协发土产行，何元记糖行，源泰海产干品行，咸康、广芝林国药行……而黄乃裳、胡文虎、张秋舫、罗金城、黄占鳌、杨鸿斌……这些历史册页上横竖撇捺留下尊姓大名的贤达俊彦，也应该在帮会上挥着手自信地发出过带着地瓜腔的声音。

不知从哪天起，这些叱咤商海的精英走进了历史深处；也不知哪天起，这些活跃过他们身影的会馆连同会馆站立的地方，珠攒线绕，共同构成了一个文化意味浓厚的称呼——福州传统商业博物馆。

表面繁杂多元的世界，骨子里往往是一高一低、一荣一枯的单向性二元结构，会馆身上浓缩或投射出的意蕴无非也是"兴衰"二字。转念又觉宽慰，会馆既然顶着"商业博物馆"这一美丽名号，以一个文化符号的面目遗世，那么它的故事便远无完结，必有续篇，一如馆内的森森修竹，盛满岁月风情的同时，还将恒常摇曳出细细天籁……

四

会馆之外，我更愿意阅读沿街沿巷那些老民居、老商铺、老工厂、老庙堂、老树、老井、老人……一人一物于不事张扬中，包孕着紧实稠密的日常细节。

举目望去，变幻多端的镂雕窗棂，尽管缀着层层剥脱的铁锈和千丝密织的蛛网，依然难掩昔日雍容气度。斑驳的老墙裸露着土砖精心排布组合出的图案，偶尔是成片的青苔把高墙装饰成古旧的屏风，或者是从砖缝中钻出一丛杂草,随风摇曳几许苍凉,间或褪了色的陈年旧画,再或是与灰墙嵌成一体的浮雕般赭红饱满的五角星,甚至依稀可见"文革"时期的宣传标语,别有一番意味。

巷弄深处,好似一片久被遗忘的角落,人影寥寥,声息奄奄。偶有白发老人靠在比人还老的藤椅上打盹,熟悉的街坊攒三聚五地下棋、打牌,或围在某棵树下有一搭没一搭地聊着家常,有时黝黯的小门边突然闪出一个头发披散趿拖鞋穿睡衣的女子,或是跟随打工的父母来榕的小女孩支起破桌旧椅,借着天光温书,或是邻居间过于熟稔而仅仅一声简短潦草的问候,偶尔一两架自行车从身旁吱扭吱扭滚过……一切的响动都显得零星而有节制,宛如杨柳风轻飏,吹面不寒。在这样窄长的清幽冷寂中,不免对时光产生错觉:它一直就蜷曲在某个角落,不声不响,不曾踏步前行。

然而,那里却又分明有着流驶的时光和密集的门户——俗世里温暖的家。一路轻尘,一缕炊烟,他们过着一日三餐的寻常日子,一样要为生活挣扎,偶尔也对现实埋怨,发出微澜似的叹息,甚至夫妻吵架,之后继续为铺着暗尘的梦奋斗。而一巷之隔的中亭街,那些生龙活虎的身影,或许,就是他们踩着第一缕阳光从这些小巷纷纷走出;就着夜色,他们可能拖着疲惫的身子风尘仆仆地回到小巷,回到灯火昏黄的小屋,默默积攒新一天的力量。

偶尔经过一些敞开的高堂华屋,望进去是一重又一重的天井。小巷太窄,房子过挤,无法大规模植树披绿,但总有爱美的人家在小小的天井里,摆放几株绿色盆景,栽种一丛三角梅或爬藤,或者干脆让一棵参天榕树巨伞一般撑在院子上方。在拥挤逼仄的日常生活边缘,还这般闲情逸逸地在庭院角落里安放几丛浓绿、数朵嫣红,于四时景明的朝朝暮暮里静静承享阳光雨露和淡淡花香,一切无须过多表白,却风华尽显,忍不住要献给他们一个词——情调。

我手中拿着纸和笔,时不时低头记下点滴,有时一两位老人,警惕地问是不是搞调查。这也难怪，从贴于一条巷子的鲜红公告中，得知近期在搞拆迁改造，显然，不让这些带有符号性意义的城市地理在福州的版图上消失殆尽，是主政者的初衷。然而，触动利益比触动灵魂还难，居住其间的百姓想得更多的是当下生活、诸种补偿及奔踵而至的未来。他们中的一些人已经如同这些老房子，失去了隔代的自信，不知下一步的打算，就像房顶凌乱架设的电线杆，尽管伸向远方，但又错乱微茫不知去向。不过，在我看来，给足时间，"商贾民俗文化特色街"的建设目标及官方的诚意与努力，总会让他们遇见默契同承担，直至涌流共同的智慧和力量。

在幽深的闾巷间随意穿来折去，整颗心都掉入久违的安宁静谧里，可以清晰听见自己的跫音，却又不担心吵扰了谁。婆奶巷、汤房巷、油巷、彩气弄……这些巷弄本身揣满故事，单单看着名字就觉岁月绵长、人事温婉，然后内心安妥。随着巷子的方位、走向、转角，阳光与巷子捉迷藏般地忽隐忽现，于是明媚与颓然，连同那些不知通往何处的巷道，弥散在即将沉降的阳光下。蓦地，感觉这里就是时间和世界的尽头，一切停留在某个巷子，一切又从另一个巷子开始。

渐渐地，光线弯下了腰，巷子暗了，更暗了，仰面望天，只见一条狭长的灰色锦缎。不久，月光会像潮水一般漫上船只似的屋檐。而小巷尽头又是谁家初上的灯，那是一盏勇敢的灯火，"啪"的一声，点亮那户人家生活的梦想，也照亮了我的路。

循着明暖灯光，我退出小巷，在无风无雨的静穆安笃里，自然不会遇见油纸伞及丁香般的愁怨。恍然想起——这是柔软的早春，更盛大的春天就在后面！

一座鼓满情的山岭

鼓岭，脉脉观望闽江奔腾不息，山叠水嶂的迢遥里，循着嶙峋山脊逶迤起伏的，除了光阴入海流，还有吹不尽的风，以及风里鼓荡着的种种传说和情意……

情缘鼓岭

既然，鼓岭的前世今生冗长得一眼望不到尽头，那么还是将搜寻的目光停驻在400多年前吧，因为彼时一截历史刻有"传奇"二字。

清乾隆进士黄任修《鼓山志》有此撰述："万历间，僧悟宗结茅庵于鼓山之凤池。深山峭谷，人迹罕绝。每至中夜，山魈木怪，奇诡万状。……散作金光数百道，朗耀烛天，弥漫而灭。如是者四。僧依其光处踪迹之，遂得白云洞。"

"悟宗""白云洞"，发黄的纸片用寥寥数语就将两者紧紧缠结粘连，字里行间涂抹着层层叠叠的传奇色彩。可是，潺潺流光里，一人，一洞，到头来究竟是谁遇见了谁？谁守候了谁？谁成就了谁？如今，悟宗已青衫隐去，留下了盛有一窝白云及关于他不朽传说的一方洞穴，以及他亲建的积翠庵。它们朴素而又威仪，依然沾着他的血汗与符号钉在翠林深处。

也许正因拥存这些具物，它们仿佛时光的酵母，不断地发酵与醇化，与之关联的人物才会在线性的单一里酝酿纷繁多叠的意味。譬如悟宗，本是一个在远年里撞钟念经的寻常和尚，但在鼓岭的幕布上疏淡地画了一笔，剃发为僧，修建积翠庵或其他，及后便有源源不断的故事如影随形地为之扩容。所以，我不太费力就逮到这样的记述："万历三十四年（1606），有个叫阿勇的福州人，因贪恋鼓岭的风光，出家结茅于凤池山上，僧名悟宗。这结茅的地方称白云洞。"

如此一段有时间、有地点、有起因、有结局的讲述，要素齐全且富有逻辑，布满细节的回环和斑斓的着色，总归更接近地气，所以更深入人心。不过，一串疑问还是如同蚯蚓相续爬出脑海：阿勇，邻家小伙般的昵称，是否为他最初的名字？他与鼓山的情缘从何开头？他遭逢了怎样的急景凋年？他的遁世是否心怀三生二世的悲悯伤怀？他如何打发云下的日子？这团团云雾是否如同心理学家，无声无色地掌控任何一个人，包括他？历史往往只有事实，没有真相。当然，时光湍急而过，真相亦可动荡。

为解开疑团，我曾迫不及待地亲近过白云洞。高踞的岩崖，竖起一座简陋的庙宇，扯来几片不知从哪来要到哪去的飘忽白云，与苍天遥相对接，金色的曦光在瓦檐上粼粼荡漾，宁谧中有香火袅袅，弥散着松脂抑或柏屑的清芬。零距离的踏访触摸，终究也没捞到实质性的答案，但却记得当时的心灵无比超拔旷阔，一如那日万里无云的蓝空。不可否认，观照大千的宗教，总在不知不觉间把人的目光引离俗世，向上，一直向上。

"奇崖划开，深丈许，广逾五丈，崖为屋，石天为盖，白云混入，咫尺莫辨，实天下第一奇景。"古人的笔法简约洗练，描画的实景与传达的感受却从不潦草，让后人即便不到实地探访，也能依着文字的脉络，找寻一些身临其境的美感和耐人寻味的意向。

而一些词书合璧、意味隽永的题刻，就大大方方落在白云洞附近柯坪山的摩崖上，"白云洞天""佛窟仙台""高枕白云"……远远望去，星星散散，凹凸、阔狭、干润、朱红、灿烂，带着春天般的体温和思想的光芒，与我们赤诚相见，无不令人安宁或澎湃。

抒写白云洞的诗文丰繁更甚，往往以"白云洞"三个字直接点题，信手翻阅，"古洞知何处？山僧路亦迷""过溪分一径，梯石上穹嵌""洞门无锁老僧闲，云去云归自开合"，那么多绮丽的词句，悠悠白云般，倏忽间从不同年代的岸崖旁涌出来、涌出来，淹没你我……

这就够了。白云生处有法相，试想一下，某位年轻人在尘垢扑面的世间，因着偶然抑或宿命的情缘而邂逅一处生长着一窝又一窝白云的地方，还有什么理由比"贪恋美景"更率真可信？还有什么名字比"阿勇"更能契合一个身染几朵白云就剃度出家的那份勇毅决绝？还有什么故事比这更能凸显鼓岭的奇绝胜景呢？

情致鼓岭

大抵名山绝岭，是缺不了文人踪迹的。庐隐，作为从福州走出去的作家，注定不会错过鼓岭的邀约。"不久又到了夏天，赤云千里的天空，可怜我不但心灵受割宰，而且身体更郁蒸，我实在支持不住了，因移到鼓岭来住。"她的文字与她的性格一样毫不隐晦。这是1926年的夏天，城里溽热蒸腾，她内心更是烈烈如焚。

就在前一年的11月，她丧失了好不容易挣扎才赢来的丈夫郭梦良，护送丈夫的灵柩回榕，与郭的发妻同住郭家开设于东街的纸行。婆婆不待见她，"晚饭后夜间不许点灯耗油……不准与婢女佣人辈闲话"，三言两语，全是"不"，每一句都带着刀锋般的尖锐与冰凉，在她心中划过来、抹过去。真是一段"极人世之黯淡生活"。直至她在福州女子师范谋得一份饭碗，境况才略有好转。

人生的底子依然遍布苍凉。然而，人世疏旷，人情又不够练达，肃然的世界里，心比身先老的沧桑，如何去折腾与逆袭呢？待在原地，是茌苒而狭长的处境，无人并肩，如同夕阳坠落，紧接而至的便是寒夜漫漫。午夜梦回，独自舔伤，而她那夜一般黑的凄伤只能是沉积在旧瓷缸底的污垢，再努力也擦拭不净，唯有找一个"生命的休息处"。有人考证，她当时是寓居在鼓岭三堡埕一个叫"难民俤"的家里。

不知道别的城市是否也像福州一样，在城郭处巍巍然耸立着这么一座山岭；不知道别处耸立的山岭能否像鼓岭一样，可以容纳人们的向往，可以安放人们在喧躁中折皱揉碎了一地的心叶。然而，鼓岭，一座崔嵬大岭，恰在庐隐几近耗成黑灰暗火的时候，慷慨地为她伸出了手，提供了生命的给养。清冽的云雾，就这样静静入她肺腑，吐纳间，拨开了她人生的迷雾。

白雾裹着山岭，雾气如炊烟般四下游荡，如此意境，宛如一轴水墨画，有着微茫的诗意。一个人突然掉落到整座山的清凉静谧里，岂会不愿意沉溺于无边无际的氤氲中？庐隐安安心心住了两个月，她在这个清凉的世界，觅得的却是温暖，于是，直抒胸臆地写了许多华丽文字，并完成了丈夫遗稿的整理。对鼓岭、对那个急转弯的暑期、对清平的内心、对天堂里的丈夫，一一有了交代——

"两个月之中我得到比较清闲而绝俗的生活。因为那时我是离开充满了浊气的城市，而到绝高的山岭上。那里住着质朴的公民和天真的牧童村女，不时倒骑牛背，横吹短笛。况且我住房的前后都满植苍松翠柏，微风穿林，涛声若歌，至于涧底流泉，沙咽石激，别成音韵，更促使我怔坐驰神。我往往想，这种清幽的绝境，如果我能终老于此，可以算是人间第一幸福人了。"一个人被安静和寂寞浸泡久了，自是沉静自持而又气度高华，何况是有着暖老温贫情怀的民国才女。这些文字无疑是她心底的清泉流淌，即便今日读来，仍有凉意自头顶缓缓洒落。

遗憾的是，她终究没有"终老于此"，与鼓岭独对 59 天后坐着轿子下山了，带着人生的行李和满怀的眷恋，"真仿佛离别恋人的滋味一样呢，一步一回头"。念去去，烟波浩渺，舟行天涯，再没回航上岸，直至8年后天幕猝落，星陨上海，令人鼻酸泪下，忍不住替她流星般短暂的人生唏嘘：人生如寄，蚤满华袍。

写到这里，我按捺不住地搬出郁达夫。将他与庐隐摆在一起，不是比较，而是两者游弋在鼓岭的年代相近，都对鼓岭的种种好留下密密麻麻的笔墨注脚，并且两个都是声名卓著的文人，情致相仿。当然，他们在鼓岭没有交集，脚前脚后隔着整整10年的光阴，郁达夫登岭的具体时间是1936年一个叫"清明"的日子。

他来旅游，并非避暑，时日不太长，经历却丰富，犹如逶迤的石阶山道，一截截，接驳出没有尽头的绵长：他巧遇时年16岁的百合澡堂理发师郭健飞，应邀一块过清明；他喝了当地桃花色的"清明酒"，又看了鼓岭的社戏，然后从白云洞的"龙脊道"下山，然后在城里继续居住走动，感受闽都风情。面对饮不淡的青红酒、吃不厌的荔枝肉、听不够的地方戏、泡不够的温泉汤、看不落的千年榕、走不完的古街巷……他有很多感动，有很多话要说。他一口气写了《闽游滴沥》系列游记6篇，如椽之笔，既状风物，兼怀家国，笔墨淋漓，篇篇锦绣。

此刻，一串文字如同活蹦的鱼群，列队泅出水面："文字若有灵，则二三十年后，自鼓岭至鼓山的一簇乱峰叠嶂，或者将因这一篇小记而被开发作华南的避暑中心区域，也说不定。"没有别的文字比它们更能贴近和诠释鼓岭，"也说不定"里自有一份铿锵与果断。

别人的吐气开声，可能只是单手弹击钢琴，不成曲调。而这段话是郁达夫先生所写，每一字都是长空鹤唳，每一句都是清音穿云。"江山留胜迹，借与骚人吟"，时代不肯辜负他的期望，鼓岭早已成为闻名遐迩的避暑胜地。

郁达夫甚至发愿："千秋万岁，魂若有灵，我总必再择一个清明的节日，化鹤重来一次，来祝福这些鼓岭山里的居民。"人读花间字句香，那些被祝福的淳良山民确实没有把他忘记片刻，甚至对他的愿望做出了悠长的回应，在鼓岭之巅建了一座"鹤归亭"，来迢迢地招他的魂。

阴晴雨霁，亭子就泊在那里。此去经年，在密雨纷纷的甜蜜惆怅里，这位富春江才子的灵魂必定翩翩归来，栖落此间。

情怀鼓岭

照例是一个酷烈的夏天，因着一位牧师不经意的发现，注定要溅起太多的关注和回音。既然命运为鼓岭选择了这样一个人物和时机，鼓岭也就顺理成章地翻开崭新一页。

那是清光绪十一年（1885）的夏天，英国牧师伍丁被请到连江县出诊。病家心急，雇轿一顶，抄鼓岭近路。山下阵阵热浪逼出蝉声一片，行至山中，暑气全消，蝉儿也忘记了鸣叫，安谧得恰如人和事都沉睡着。仅一岭之隔，几百米的海拔，竟是两重天地，伍丁深为震惊，告之以朋友美国牧师任尼。任尼同样是有心人，次年就择了鼓岭梁厝顶一处柳杉染翠的坡地盖了别墅。那一年夏天，任尼在这个石头垒成的别墅里收获了从未有过的惬意。这就是鼓岭的首座避暑别墅，任尼冠之以一个东方气息浓厚的名字——宜夏别墅。之后，人潮纷涌，住在仓前山的牧师来了，领事馆的官员来了，电光刘等商贾贵胄也来了……幢幢别墅春笋般冒出。《闽县乡土志》说："外国官、商、士、女避暑岭巅，筑有洋楼多所。"

于是，一度草堂春睡的山岭，霎时喧闹繁华。于是，仄仄的石阶板上，郁郁的林木丛中，人们追寻清幽的足迹纷至沓来，不绝如缕。

有些事情，往往就是此等奇妙，说不出是偶然还是必然。伍丁如不拐近路走山道，鼓岭的生命也许不会被扳到这样一个通往另一重精彩的岔道口。感谢博闻多识的伍丁，诊治了疾病，也附带"诊出"了鼓岭适合避暑度夏的脉息体征。

鼓岭的时光仿若洋别墅里的钟摆，踱着方步从容迈进。到了

1935年，鼓岭名墅云集，累计362栋。生活娱乐配套也相继跟进，门类齐全：19座泳池、7座网球场、夏季邮局、礼堂、医院以及各类镶牙店、古董店、照相馆、成衣店、水果行……在"福州最早的会所"万国公社的笙歌曼舞灯影摇红里，曾经映照出何等的繁华绮艳！因此，鼓岭裹着"左海小庐山"之美誉，当仁不让地成为全国最早的外国人度假村。

在鼓岭这个舞台，各种角色进进出出，人影憧憧，纷纷繁繁，不过，光阴滤罩上却可轻易筛出一个名字——密尔顿·加德纳。他10个月大就来到福州，此后10年，每年夏天均与父母一同在鼓岭度过，及至宣统三年（1911）六月，辛亥革命前夕才回美国念书。咫尺天涯相思长，各在一方，后来，他心心念念人生最初的故乡，直到1986年弥留之际，还呼唤着KULIANG一声声。他记住了名字却丢失了方向，想必懊悔自己当初没有将更多的关于鼓岭的声响、气味、流年光影都装进记忆，沦落得只能将思念付诸婉约的独醉、绵延的期盼。

童年的故土乐园，鹭鸶一样泊在漠漠心田，影影绰绰。于密尔顿·加德纳而言，每一次的向往与出发，只为更靠近故乡。可它在哪里？

再往后，便是那段有确凿开头、美妙结尾的中美友好佳话。1992年繁花似锦的春天，小小一篇文章《啊！鼓岭》引起了时任福州市委书记的习近平同志高度关注，他力邀加德纳夫人来访。数个月后的一天，鼓岭有9位年届90高龄的加德纳儿时玩伴，与加德纳夫人团团围坐畅谈往事，帮她找回了丈夫丢失很久的童年。她泪盈眉睫，折一支柳杉归去。

假设，没有一双洞穿历史的睿眼，没有一双珍贵的大手牵引，加德纳夫人，虽然努力，未必成功，因为长时间以来，她无非是沿着外国人最熟悉的长江找寻丈夫梦中"故园"，甚至一度误读"Kuliang"而错认江西庐山牯岭。当智者的远见卓识和天下情怀，甘霖似的及时抵达，那文化的力量便裹挟着善意，载动一路情谊，穿洲过境，径直翻滚到世界的另一端。

就这样，人间真情穿越时空，虽非血脉，却也连缀成我们无法割断的纽带，拓写于心灵版图，化成一支歌流淌在脉管里，回旋在彼此的岁月中，扣人心弦。于是，山遥水隔的不同肤色的一群群人，就这样在天命相安中凝聚融合，不分你我。

写到这里，我还想用温暖的笔触来延伸一下因这个传奇般的故事而澎湃着的感动，我要提一种菜蔬——嗨菜，冲着它见证过中外情谊，我必须对它有所表示。

它的身世连同它的模样，如出一辙的贴心贴意。它的叫法紊乱，有人也称其为"亥菜"或"海菜"，但它仍不失为整个鼓岭上知名度最高的一种植物。它的芳名一直被传说，芳味一直被咀嚼。

曾经，山高路陡的鼓岭在宁谧的背后也有不便，供给得从山下手提肩挑而来，于是外国人就带了些菜种到鼓岭，撒在庭前院后。其中有一种菜长势旺盛，不费气力就能冒出丛丛新绿，再不多时，又从新绿浅绿完美过渡到深绿，再后便长成墨绿的旗帜，随风猎猎抖动，且不遭虫害。当地村民引以为奇，就向外国人索要种子，因语言不通，不知其名，想想外国人每次碰面总喜欢说"hi"，久而久之，以"嗨菜"代称。

"嗨菜"，我更愿意将之顿挫断开——嗨，菜！这样一来，立马有动感有声音有场景，仿佛两个热络的朋友迎面相撞正兴奋地挥手打招呼，竟至让我浮腾起多年前这个宾主相洽的故事。只是与那些前来避暑的各种肤色的人不同，在天地寂然无声里，这嗨菜不仅路过，并且扎根。

我曾到田地里看过一畦畦的嗨菜，单株看，枝枝叶叶不缠不绕，根部一段葱白，中间一截浅碧，末端一尾深绿，干净直爽得了无烟火气；整丘瞧，依偎丛生，那种蓬勃的绿，铺天盖地，仿佛一口气能吞下领地。我喜欢它的野性、随和，带些恣意与磅礴。生命长河中，不也是这样，总有斑斓华彩的日子，所有美好情绪和传说都浓墨重彩地绽放，一如2012年2月15日，在美国华盛顿万豪饭店马歇尔厅，世界都聆听过的关于这个山岭的空谷绝响。

据说，这似韭非韭的小小生命，只有在鼓岭才出落得此般青葱胜玉，移栽别处，蔫然失翠。不管真假，我愿意相信嗨菜有灵性含情义，横来纵往感恩地根植在这片土地，长成锦绣的诗行，来见证和提示滥觞于此的传奇，直到地老天荒……

闽安：铁质一样的古镇

出福州城，沿闽江流向，往东，再往东，与河流一起寻找入海口。

确切说是要去见一个叫闽安的古镇。古人法度严谨，对一人一地命名尤为讲究，从这两个字里，即便你再偷懒，望文生义就可大致了解蕴含的殊深之意，并涌出"锁钥""咽喉""关隘""津要""门户""天险"之类的具有隐喻的一干词语。"两山如门，一水如线，而闽安镇绾其口。"明代董应举三言两语就将"闽赖其安"的地理优势交代清楚。事实上，在宏阔的历史景深里，这个不大的镇子摆出的也通常是一副"我若安好，闽便晴天"的神气面孔。

一条河流的行走，对大地充满妥协，画出的总是弯弯曲曲宽宽窄窄的轨迹。然而，妥协中又常见智慧，一截河段的大收缩，有时就是大铺展，譬如闽江下游末段，就把自己的力量迸发于最紧要的关节处，尔后义无反顾地冲决入海，扯开一片更为广阔的历史舞台。作为附带的意义，河边毗连的群山寸土便有了安镇闽疆的至高地位，有了兵家必争的万千荣宠，有了千年古镇的发轫兴衰……

石坚如铁

史料言之凿凿的是：宋朝开始，闽安位列福建沿海四大名镇（闽安、黄岐、海口、水口）之首。其实，从唐代中期以来，这个集镇就已繁华耀目。期间落墨于此的诗篇虽寥不可寻，但这并不能佐证唐时明月黯淡，毕竟地处东南一隅，鲜有大文豪的航船路过或登岸，即便偶尔从远处刮来或本地生长一些诗词歌赋，估计也如滴水，瞬间淹没在滔滔浪潮里。

然而，这个镇子千真万确从中唐开始就迈开了大步，背后的推动力来自巡检司的设立，那是公元893年的事了。从这一年开始，闽安成为闽江口一带的行政中心，监纳商税、维护治安、行政管理，一样不落，不繁荣都不行。到了宋朝，更见兴盛，市列珠玑，户盈罗绮，甚至坐上了四大名镇的头把交椅。此时的诗吟曲唱流泻出的，亦是钟鼓齐鸣的铿锵和浮花璀璨的繁盛，如闽安镇官赵与滂在龙门摩崖抒曲壮怀，诗刻"粘天三级桃源浪，平地一声雷震时"；南宋进士郑昭先也写下"鳌顶峰高障海流，天开胜概冠南洲"的豪迈诗句。到了清朝，内忧外患，诗文的主题又偏转至江山社稷，林则徐在五虎门发出"天险设虎门，大炮森相向……唇亡恐齿寒，闽安孰保障"的叩问，振聋发聩。闽安贤达林述庆诗吟"腊酒香中觅故居，前尘回首梦何如""大好前程换战尘，六朝风月伴吟身"，在乡愁如丝如缕之外，更多的是胸怀锦绣济天下、心含壮志报家国的豪情万丈。

当然，笔触无法抵达的地方，一些具物能以春秋笔法书写历史章节。比如那座具有铁石之坚的迴龙桥，就可驮您回到唐朝。公元901年，王审知现场办公，大手一挥，历经三年，长虹卧波。当然，佳声美誉传千载的王审知，功德美名不需要这座桥来映衬和加分，但迴龙桥的诞生与这位"宁为开门节度使，不作闭门天子"的开闽圣王发生关联，也是幸事一桩。至于为什么叫迴龙桥，会是"迴港上一条巨龙"的赞誉吗？——某些字句总是怂恿性地在脑海里制造猜度和联想。及至南宋嘉熙年间（1237—1240），暮年归田的郑性之捐资修葺迴龙桥，竣工后从"飞架古桥为哪般，盖世恩德终当报"各拎首字，捋须手书"飞盖桥"。末了，他还在左右两侧加塞两串文字以示爵名，字体庄正，格调高迈，缓慢移动的笔锋灵韵饱蘸一位白发老人行善积德时那份隐秘的快慰。

郑性之的名字和趣闻更多是与那个吉庇巷交织勾连，据说那个吉庇巷的前称"急避巷"就取材于他与某个屠夫之间的故事，委婉后面满是躲闪与余韵。"桥虽经历代修葺，但墩梁栏柱仍是唐代遗物，保持唐代建筑风韵。"同样是白纸黑字的记录，如此说来，郑性之修缮并非伤筋动骨的大动作，可能只是在迥龙桥的基础上作些桥面的修修补补和个别关键部位的完善加固，却捞了个如此风雨不泯的碑记名留，倒也是桩合算的买卖。

此后，400多年的风吹雨打，桥又倾圮得不成样子了。清康熙十六年（1677），闽安镇副将化守登为修桥大大折腾了一番，并请人勒碑"沈公桥"。文字像哑语，指示求索的方向。循着"沈"字，后人常谬将修桥的功劳记在闽安协镇沈河清头上。其实，碑上"惠德留思"字样提示此为"去思碑"，是化守登借一桥一碑表达对前一年刚刚遇害的沈阳人氏、福建总督范承谟的敬仰和缅怀。化守登有"西镇边口，东镇海口"之宏誉，却主动让名于前贤，从这点上说，他远比郑性之谦逊低调，忠义可嘉。我甚至怀疑闽安"三十六景"的"邢港九曲""沈桥夜月"在自然景观上未必有多美，只不过经过这些历史元素温情脉脉地注入和包装，得以敷饰中华传统文化的光芒而格外迷人。

近年，不少研究者将目光转向"海上丝绸之路"的考释，辟海通津，牵丝弄瓷，这座沧桑的石桥及闽安古港、古渡作为"海丝"的史迹遗存，又抵达了另一种高度。当年，郑和远下西洋的部分船队，有六次驻泊闽安伺风出海。近水楼台，过江蛟龙般的闽安水军成为郑和西洋船队水手的后备力量和重要补给，洋阔水深的五虎门下则成了船队放洋扬帆的不二良港。那时，樯桅上举，擎着属于它的高度，相对于浩瀚无垠的大海长空，它是如此渺小，可闽安水军就是从这里挂帆启程，去寻找并拓宽一条叫"海丝"的路。

铁马金戈

与迥龙桥、古渡碑一样，固执地楔进历史深处的还有那些坚船利炮和刀光剑影。

宋代战乱频仍，环星拱卫闽安镇的是蟛蜞洋的登高寨、石龙山的龙台寨、乌猪岭的乌猪寨、白眉山的鹦哥寨、鼓岭的牛头寨，这些寨子各居险隘，互为犄角。闽安镇担惊受怕地窝在低处，想必不会忘记那白日燃烟、夜间点火的瞭望预警，不会忘记那吹角连营，烽火几回回。

及至元代，防御工程升级，在田螺湾与金刚腿之间拉起了一条碗口粗的铁链，在磨轴车的推卷下收放自如，有警拉紧，铁索横江；无警放松，粗链沉底。而在明代延续200年的时间里，闽安成为抗倭的主战场，矗立在这段时光深处的是戚继光出生入死的伟岸身影及筑石垒就的四座寨城；此外，黎鹏举率师血战，以八战八捷的功绩换来了福州官绅在乌石山幞头岩上镌刻"乌石在，黎公在"的不灭记忆。

到了清代，郑成功抗倭事迹也是班班可考的。那邢港与闽江交汇处突出于闽江的转湾鼻，早已更名为"郑爷鼻"；他当年的停舟之处，被唤作"郑舟进"；当年饮马的宋代石槽，至今安放在协台衙门……这些后人眼中的关于这位国姓爷的符号，证明他与闽安的深厚渊源及传奇故事。

成功，既成之功也，是南明唐王隆武帝赐的名。我喜欢如此一个霸气满满的名字，字形、读音都流淌出隐秘的期许，他亦不辱雄名。郑成功运筹帷幄，将闽安作为抗清据点，呼啦啦北上，气汹汹南下，风帆过处，密集的炮声呼号一路响过去，屡战屡胜，版图不断扩大。

历史存心要捉弄他，期间冒出了父亲郑芝龙拥兵不起、进京招安的事，搅得他心神不宁，也搅浑了一锅历史。因与父亲决裂这一变故，他的个人史纠结着国仇家恨，成了谜一样的复杂人物。

回到史实本身，当年清政府对郑成功痛恨有加无计可施之际，不得不祭出感情牌，让郑芝龙亲修家书劝降郑成功。郑成功展纸磨墨，挥笔如挥刀，赳赳武夫，信倒回得洋洋洒洒有理有据，但兜来兜去含糊其辞，令人捉摸不透其内心意图。其后，郑成功与清廷及父亲、弟弟之间又反复笺来信去，彼此进行着假情假义的演戏，平静的字行下全是黑暗中的较量，满蓄风雷。他倒也不是无视于父亲的血脉情缘和兄弟的冷暖安危，只因心中一团火，守着抗清誓言不灭，且有辎重丰足、兵甲精锐的自信。当然，最关键的是，他拥有了占据闽安要塞的筹码，那里有着隐含的威胁，能让对方惴惴不安，所以与清廷谈判时气场强大，满怀坐实江山的期待。事实也从反面证明，顺治十四年（1657）闽安失守时，他只能眼睁睁地看着苦心创下的辉煌大业一路急转直下。

这个人生拐点来得猝不及防，他恨马得功，也怪自己大意。这年八月，他遣主力进攻浙江台州，只留下弱兵五千镇守闽安。福建陆路提督马得功瞅准时机，领七路兵马"水陆并进，昼夜攻击，连破七城堡，遂克闽安镇"。《清史列传》对此慎笔载述，详列无遗。当郑成功掉转船头退向厦门港时，整个大清历史也就朝着另一个方向紧锣密鼓地进发了。

钢铁长城

好不容易才从郑成功手里夺来具有重要战略意义的闽安，马提督喜不自胜，但毕竟是一军之率，没被胜利冲昏头脑，反而深谋远虑。翌年，马得功就率部在闽安镇城废墟上，大兴土石，高筑城墙，将防御点延展提前至城外的江边，让敌方力量无法瞬间冲击要害和卷入核心。

这项防御工程说大也大，"城墙长332丈，沿江而建，每隔10米设一炮位，闽安城里街、协台衙门、城隍顶总炮台均在墙内，威武壮观"；说小也小，因石头就地取材，当地盛产花岗岩，纹理致密，坚硬胜铁，色白如梨，前面提到的迥龙桥用的也是这些石头，所以筑墙时能大大减省舟车远运、石垂不支的劳乏和掣肘。从他揭帖看，他对这堵铜墙铁壁还是比较看重和得意的："今职复奉督臣酌议，广拓镇城，接于后山（闽安城隍顶凤髻山）。其镇外五寨，毁三存二，增修完固，以为犄角"、"职躬亲土石，将镇城内外修备完固，事竣回省"……疏报内容要义指向修建的前因后果和个中艰辛。后来，这座石头城也没辜负马得功的美好初衷，在歼灭海盗、鸦片战争、马江海战等历次闽安保卫战中屡立战功。直到抗战号角吹响，城墙被拆以填塞闽江口，筑就水下长城，阻止日本军舰进犯福州。坚固的石头城墙以这样的方式默默倒下，却又构成了另一种屹立，岿然不动。

写到这，清朝的历史尚未落幕，那也不必那么着急绕过郑成功——他毕竟是属于那种羽翼随便一张，就能给清朝投下偌大一片阴影的风云人物。抗清是郑成功不朽的功绩，他还有另一个被后人津津乐道的英雄事迹——收复台湾。他曾以联明志："东海望台澎，风景不殊，举目有河山之异；南天留祠宇，雄图虽渺，称名则妇孺皆知。"沿海的子民，长年累月经历风吹浪打，注定是亮烈难犯、风起浪涌的：包括闽安人士在内的福建2.5万子弟积极响应他的号召，乘数百舰船，渡海东征驱荷复台，结束荷兰侵占台湾38年的历史，功勋赫赫。

说到台湾，同治十三年（1874），沈葆桢也曾挥师跨过那湾海峡，临行前"裹革而归"誓言铮铮，他明白即将面对的是雌伏以待、气焰嚣张的日军。炮起烟飞，随之赴台的殉亡将士135名，骨灰入罐，归葬于闽安虎头山。这些来自各地的将士从马尾出发，将身体打造成最坚硬的金属，化为炮灰何足惧？墓碑很小，横排纵列，字迹斑驳，但"闽侯""同安"等字样还是细睹可辨的。孤魂野鬼，惶惶寂寂，曾经很长一段时间，疯长的荒草成为渲染苍凉的一个背景，来来往往的海风看不过眼，忍不住停下脚步，一圈圈绕着义冢群呜咽悲鸣。现在，历史苏醒，万物起身，常有人前往凭吊。

尘世隔绝的问候能否抵达逝者的世界，无从可知，但英雄身后泱然的世界里，长存金箔般的阳光照耀和春天般的目光仰视，也许，他们的灵魂才能安息，在世的人心也才得以安宁。

铁胆雄风

柔软的江水包围的古镇，宛如一整块烙铁，当被战火烧热烧红，几近融化之时，突然又淬火冷凝下来，冷却成街道纵横的繁华集镇，凝固成依山面海的平静村落。这里成了安居乐业之所，人们马放南山，铸剑为犁，一代代休养生息，安常得仿若一个梦境的定格。

浮云聚散中，生活于斯的子嗣，也像海水一样，时而从天边涌来，时而又向远处荡去。因为战乱，故土支离，闽安古镇上出没生息的人本是一个乱世的家族，他们的祖辈也许就是某棵流浪的植株。

云山苍苍，天风浪浪。在历史的风云激荡中砥砺前行的闽安人，早已承袭祖先勇于开拓的基因和海洋辽阔动荡的性情，浑身是胆。许多龙精虎猛的青年从这里相继离开，以熟带生地离开，拖家带口地离开，呼朋引伴地离开，蹄急步稳地离开，争先恐后地到外面的世界去寻觅精彩……背井离乡的特质构成了村落繁华与萧条互相交缠的背景，丢下一座又一座铺着白梨石的空房子，在清寂中默然打量自己的前世今生，拥抱着来此逃避喧嚣的心跳和探访古意的跫音。

白梨石不会发黄，而天上的月亮会泛黄。故乡，海边的故乡，带着深渊般的蓝色，是谁的忧伤郁积？闽安，梦中的村子，这战燹层叠锻铸的坚硬铁块，在人群的逃离中已然布满锈迹。"船到迥龙始到家"曾是戍台将士的忧伤，这忧伤随着邢江波澜起伏，正从远年涌流而来，形成新的浪头，溅湿每一位在海外打拼的游子。

这些土生土长又插翅远飞的热血儿郎，他们精神不钝记忆不锈。于他们，"闽安"二字注定是一场相思，那里有着水不扬波的邢港，有着风雨不摧的迥龙桥，有着出门前还烧过香祈过愿的圣王庙与观音阁，有着白发高堂、陌生的儿女以及丢失的乳名。他们能做也必须做的，便是让存款数字或声音影像从千里之外呼啸而来，化成一个山重水隔的支撑和牵挂——那是无数不在场的生命隔空喂养另一群生命！这番割不断的血脉情缘、淡不去的温暖柔软，消减着江村古巷潮一般涌起的凉意和铁一样隆起的坚锐。

置身旷静古镇，虽是斜阳草树寻常巷陌，然而江风海浪从遥远的地方一路奔来，穿过村子，卷裹着村落里一草一木间潜藏的豪气，继续向前、向前，气吞万里如虎……

壳丘头：万里千年共一丘

时光蜿蜒前行，总有那么一段历史，堆积着文化的碎片，也滥觞着琐细复杂的记忆和感慨……

遗迹·源流

云翳拦住打道回府的太阳，彼此纠缠得有气无力，寂寞的海风从不远处醉汉似的晃来。阳光稀薄淡寡，风一扯，就散了。在这个叫平原乡，确切说是叫壳丘头的地方，举目四望不见海，却分明感觉浪头就在脚边蓄意翻涌着初秋的暮色，一波，又一波。

当我用这番沉郁的笔调开篇，关乎天气地理，但更多是表达心绪。是的，站在这不起眼的土丘上，如果没有向导，真难将它与一个古迹遗存联系起来。如此苍灰的心境，倒也契合彼时彼地的境况，好比一部电影的主题音乐，恰到好处地烘托场景与情节。

"壳丘头"是荒凉的，不过，荒凉得坦坦荡荡，毫不掩饰，倒也符合平潭人豪爽耿直的性情。台地不大，旁有农田，背枕树林，三面环山。一勒字石碑，就插在路边坡底，用微言片语介绍壳丘头文化遗址的历史和出土文物，碑体位置低、碑文站位高，可惜几乎被杂草漫没。另一石碑，字迹凿凿，立在山坡，为这片土坡验明正身，齐腰高的青草在风中俯仰，石碑也忽隐忽现，如同深海里一朵孤单的渔火，载浮载沉，闪耀着微小而渺远的光芒。

石碑的立存，总有深长的意味，提示我必须激动起来。当我穿枝拂叶，倚在石碑留影时，心湖确实泛起涟漪——就在这石碑之下，在我站立的地方，埋着七千多年的秘密，藏着新石器时代的密码。它贴着"福建沿海目前所知最早的新石器时代文化"标签，写满沧桑与风流。历史也慷慨地给了它一串庄稳而又荣耀的名分：平潭文化的发端、福建文明的摇篮、闽台文化的本源、南岛语族的根祖、海洋文明的源头……宛如一树繁花开遍，绰约，繁盛。

遗址于1958年被发现时，几千年的时光已漫漫流过。我们没有理由责怪它这么迟才与世人重晤，不能怨恨使之逃遁于无形的黄土。遗物与黄土，紧密相关的两者之间也许存在某种抗争，最后达成契约。比如，起初雨水冲刷，松散的黄土从山坡崩塌滑泻，纷纷落在先民使用过的物件上，土层越积越厚，器物渐渐消失了轮廓；尔后，有的无声崩裂，甚至碎成齑粉；后来的后来，先民的足迹、气息与故事一同被密封在暗无天日的死寂里。幸好，厚道的黄土严严实实埋没了它之后，愿意选择一个合适时机将它交还给阳光。于此，还要感谢黄土，正是它们混炼成铜墙铁壁，才让古迹遗存以不存在的方式，继续存在了数千年。

从发现到开掘，又过了若干春秋。让我们看看泥土之下深藏的宝贝：灰坑21个，小孩墓葬1座，贝壳洞100个，出土石、骨、玉、陶器质地器物200余件。虽然比较零散细碎，但完好的器物以及七千年的时光在背阴处淤埋发酵出的盎然古味，足以诱发我们拼接还原出先民劳作生息的历历图景：先民主要从事渔猎等生产活动，他们捞鱼、采贝、狩鹿、捕猪，以此果腹；他们打磨石斧、石锛、石杵，逸笔草草；他们磨骨为镞为匕为锥，功夫细细；他们捏土为釜、罐、盘、碗、壶，烧结成陶；他们物尽其用，将吃剩的贝壳制成贝耜；他们生活粗陋，仍具审美，用贝壳、树枝、石块、细绳等为陶器画上贝齿纹、戳点纹、刻画纹、绳纹加以美化装饰，有时是疏淡的几笔，有时又繁勾叠划；劳作之余，他们制作、佩戴玉玦和骨笄，心事绚烂；当然，他们也生儿育女，也有七情六欲……

拨开草丛，从温润的土里抠拾一粒风干的贝壳，在耳畔轻摇，几千年前的风啸涛吟，宛在悠悠回响。

流浪·回归

表面深阔的海洋，骨子里并不深沉，犹如热恋中的男子，有颗驿动的心，他不知道自己每一次亢奋，比如海啸、海侵，都会"换了人间"。如果这位调皮的家伙有写日记的习惯，肯定存此一页：五六千年前，癫狂过喜，堆浪成雪，汪洋一片，福建沿海众平原庶几尽淹……

假如未曾发生海侵，已在壳丘头繁衍生息数百年的先民是否会固守一隅，生活节奏是否慢于潮汐的吞吐，是否有今天千秋百代的瓜瓞绵绵，无从可知。真实的情况是，壳丘头未能幸免于"一片汪洋都不见"，先民只好迁徙至闽江入海口尚可落脚的昙石山。再远些，足迹到了台湾的大岔坑、富国墩等。早先大陆架未沉降之前，先民就在平潭与台湾之间赤足往来，海侵之后没了陆路，就走水路。而今，平潭与台湾咫尺之遥，而且天上、海上、心上都有路，彼此伸伸手就可紧紧握到一起，巨大变迁足以让人百感交集。

千年前那段流浪的日子，沾满骄傲的风雨。话说先民在襟江带海地域繁衍生息，遥望长天落日、感受耳际疾风，渐渐糅合江海的因子，脉管一直涌流着江海的涛音。于是，某个海不扬波的日子，他们带着满腔豪情和一个行囊，驾起小舟，向着茫茫洋面奋楫搏浪，一直行到水穷处。

天涯羁旅，他们航程过处的痕迹过于依稀，以至于无法在地图上精准拓印出轨迹的流布，然而，关于他们的想象却可以鲜活丰满。试想，没有指南针，没有气象预报，没有先进的航船，没有丰足的供给,甚至没有目标方向,他们仅靠独木舟向着茫茫大海进发,需要多大的勇毅!在波诡云谲的大海上,他们简直就是飘萍,脆弱得不堪一击,排空而来的狂风巨浪,舌头轻轻一卷,就能把他们悉数没收。"欲渡黄河冰塞川,将登太行雪满山",多少个世纪之后的李白尚且悲叹"行路难",可见,选择海路的先民能够到达南太平洋和印度洋上的诸多岛屿是一个传奇,何其艰辛,亦是多么幸运,估计一半靠己,一半来自上苍的盛意。

一叶叶独木舟,简陋至极却又伟大无比,正是它们的存在,整片海洋都有了方向。先民不断流徙迁播,宛如没完没了的接力赛。每到一个岛屿,便在上面扎根,繁衍后代,有的人留下来,更多的人继续驾舟远航。直至距今一千年左右,南岛语族的后代总算完成了这一横跨太平洋的海上移民壮举。这一来自茫茫大海深处的征服,时间战线之长、海域跨度之大、风波浪里之险、血脉滋衍之远,既充满了阔大辽遥的海洋基调,又涂抹着人性悲怆无垠的底色,随便从哪个角度审视,无不令人感慨万端、肃然起敬。

"何处是归程,长亭更短亭。"远古祖先曾经的穿江跨海,此一去,阳关三叠,唱到千千遍。不曾想,许多年后的一天,竟有6名骄傲的波利尼西亚南岛语族后裔,驾一艘1820年版独木舟的仿制品,从南太平洋的大溪地出发,借助季风和洋流,沿着祖先迁徙的足迹回溯,历时116天,途经10个国家,无动力航行1.6万海里,抵达族群的发源地平潭壳丘头"寻根问祖"。有人评价说:寻根之旅证明了平潭岛在海洋文化拥有的黄金含量,这份评价真找不出夸张的成分。虽说聚散匆匆,酒尽,握手,然后离别,只留下那把刻满图腾的木柄,然而这份敬祖追宗的谦谦之诚,总在不经意间拨动心弦。

2010年11月19日,晴暖,壳丘头遗址,后裔,身形相似语言相仿,寻根,祭拜……面对这些碎片式的词语,我清晰看见一种情怀,在太阳照耀的光芒里,在锣鼓喧天的声浪中,从勇敢的先民踏浪而去的那个早晨或者黄昏,至这个载入史册的冬日,衍连着一条在光阴里高低起伏的线索,象征血脉情缘那山高水远、永生永世相守的长度。

这次万里溯源,称得上惊天动地了。祖先从波上驶离,无数个潮涨潮落之后,后代数着浪花返回,这样的故事总不免交织着脉脉温情,积满绿叶对根的情意。无论如何,子孙与祖先的会合,是岁月中最顺理成章、最幸福甜蜜又最令人刻骨铭心的团聚和缅怀,此去经年,即便天涯咫尺、天各一方,仍可为相似的晨光,唱同样的歌谣。

根脉·守望

遗址上残存的器件,是有情有义的先人留给我们的信物,古意斑驳,弥足珍贵。那种猝不及防的静美,令人无以言说,只好凝视复凝视。

我曾在福建省博物院、昙石山博物馆,双目炯炯地注视过这些实物,因为它们在家门口无馆可供容身,寄存虽说无奈,尚属保存妙招。那些粗朴拙笨的器形,低眉敛气地趴在玻璃橱窗里,幽光沉静,了无浮奢。因为土埋水浸,因为灰尘、汗水,持用者的手泽,经久的摩挲,抑或空气中光瀑的穿越风化等层层积淀出的包浆,于无言间标注其历经的悠悠岁月。那种灰白、浅褐、深黄、淡黑、烟青,那种方圆、凹凸、沟壑、纹饰、裂痕,无不弥散着深深古意,令人涌起澄怀观道的意味,仿佛它们那款款而来的温存旧气不是来自凡尘,而是天国,抑或只可在一些佛像安宁温婉的面容上找寻。

端详那一地的文化碎片,荷载了太多可资细细品味的信息。它们存档了史前福建先民在平潭这片土地上繁衍生息、依海为生、逐海迁徙的生存状态。今天,既然千年遗存解开了尘土的封签,那么时间和记忆便将一直洇染着它们。当然,我们不满足于从字里行间打捞,也不习惯于去影像视频里检索,我们更希望在遗址原地看到实物陈列,从中更真切地感知那份割不断的历史血脉、浇不息的人文薪火。

时光无情，时代有情，我坚信这样的希望不会落空，因为一批批有识之士面对自然剥蚀和人为损毁的窘境，正秉笔献策、奔走呼号，吁请建立壳丘头文化遗址公园，作为地标性文化景观对遗址加以保护和宣传。这些富有担当的智者，先民胼手胝足的艰苦昂扬和追风赶海的开拓意识，早已融入、浸润于他们的血脉气韵，其笔底涌动的是对现实中包含的可见和不可见的文化内涵的深深依恋，脚底跬积的是对传统历史文化断裂和异化的深切忧患。春风万里，不会辜负寸草心意，高歌猛进一日千里的海坛，定会给这个关涉历史源流的遗址更多的馈赠。

记得2011年的寻根仪式上，远游的归人与当地同胞共植一株友谊树。失散多年的兄弟就在这棵树上合体了，这棵树理所当然成了一位亲人。正如您所料，此树是榕树。当空栽榕树，枝叶多葳蕤，那一树浓翠，那虬根垂须，那纷枝繁叶，多像一个族群开枝散叶的生生不息。

这棵榕树，披沐着天下亲情，自是非同寻常，遗憾的是那天带路的向导无法指认。没关系，不在眼里，便在心上。时光逶迤而来，蜿蜒而去，这棵树会在遗址上继续它的今生后世，枝叶伸展覆盖的地方，将迎来子孙、学者或其他人的踏访，那人来人往带起的风烟、带动的记忆，将一直唤醒家园的守望。

因着这份直抵人心的守望，光阴的瀚海，总会有爱的舟楫往来穿梭，从暗到明自东而西。血脉相连的后人，在一衣带水的海峡对岸也好，在南岛语族星罗棋布的岛屿之上也罢，借由家园的灯塔和爱的航船，无论人生多么劳乏，永远不会迷失原乡的方向；无论身姿多么老迈，仍能微笑粲然地探访归途……

闽江流过

说不清是第几次造访闽江了。水的诱惑，没人能轻易拒绝，尤其在燠热得像笼屉般的盛夏榕城。

一江清流，水阔沙白，脉脉无语。闽江保持着它的开阔与宁静，说不尽的喜欢。常常是，躁热了许久或劳累了一天，来到江边，此刻，太阳还没回家，如同一粒饱满多汁的鲜橙，切开了，在江面洒下橙汁万点。如此的明艳与温暖，带有油画的味道，让每一个奔波忙碌的都市人，尽享一份大自然的单纯与美好。在这无框的画面里，在某种似曾相识的味道中，倦得起皱的心灵，随着水波一洄一荡，总如晨露浸润过的鲜花，一瓣瓣次第舒展。

闽江曲线玲珑的裙带上，绣着"闽都春秋"的华美绣片，把历史也流成一条河，让伫立于前的子民，遥遥听到历史前端渐行渐远的涛声，从中感受到生生不息的生命与源源不绝的生存。而且，这种绵延浩荡的不息不绝，很自然地与更辽阔的天地牢牢捆绑，与滚滚向前的时代轨迹相互勾连，与个体各自的奔劳及内心深处的悸动紧紧联系在了一起。

在细碎阳光和辽远苍穹组合而成的背景里的传来的涛声，触发我想到闽江沉潜的力量，那是天地造化之神力，一种看不见却又无所不在的力量。别看日流夜淌的闽江温顺得似乎没有什么脾气和冲击力，它的力量在于渗透：颜色、波纹、水雾、流声、气息，一点一滴细细密密地渗透，渗透出一片繁花锦绣。

因此，对于大地，河流构成了一个最好的预言。河流经过的地方，总是水绿绣野，总有生命的足迹，可能是一丛花草，可能是两只飞蝶、数列蚂蚁，甚至是几缕炊烟，最初的人迹。且看闽江两畔，杂花烂漫、绿草芊绵、榕荫夹岸，有白居易笔下似火的红，有朱自清眼中醉人的绿，加上江畔游人如织，江中零星几条突突奔走的驳船，生命气息无处不在。

即便迷雾般的夜色，也不能遮掩闽江的生动的地气。此时的闽江，不再是一条江的概念，而是人们心绪的出口，是城市表情的集合。市民从城市各个角落集结而来，聚首江边，尽情分享春声秋色、汐涌潮生。唱歌的、跳舞的、慢走的、放风筝的、戏水的、谈恋爱的、骑自行车的、照相的、摆摊卖货的、戴着红袖章巡逻的……每个人都用个性的理解和独到的方式，向闽江诉说同一个主题：生机勃勃！

某天心情郁闷，不知不觉来到江边。枯坐沙滩，有浪一波波缓缓地涌上来退下去，我一言不发，闽江也静静奉陪。它俨然是位知己。知己之间，往往就在一方伤心难过时，另一方愿意握手相陪，于沉默中递送一份安慰。坐了一会，烦恼像滴在沙堆里的水珠，消失得无影无踪。释然的那一刻，我感觉到闽江解读了我的心灵密码，它理解我欲说还休的忧伤，并像导师一样教会我微笑。

我诚挚地爱着闽江，包括闽江带给我的启迪与思考。我不在乎和谁一起看过江，遇见过谁，告别过谁，不在乎生命的偶然与必然，人生的起落浮沉；只在乎这条江是否保持它的清洁、丰沛、宁静与活力。我的快乐伤悲，愿意一一交给它去收纳与封存。

古人总结的"吉人不可无水""以水为师""城有水则秀，居有水则灵"……我深信不疑。

那天黄昏，锦江园内，有个红颊黑睛的少年，架着画夹写生，夕阳优雅地给他镀上暖暖的黄色。16开的铅画纸上初见瀚海晚霞。我站在他身后，两米远的距离，他没有回望，但笔尖陡变滞拙紊乱。我看出他内心的羞怯惊慌。他也许不知道，他在如诗如梦的风景里画风景，也是一道亮丽的风景。而且，他有什么不自信的？这么好的美景，略能画出一二，也能拿得上台面。而两米外仍能感知我的闯入，想必他没有真正融入画里，有欠专注。我担心，我欣赏的眼光，会继续破坏他的风景，担心瀚海晚霞在他笔底会变成乱云飞渡。我自觉地走开，来不及等他画完，轻轻告诉他，十五年前的一个少年，在另一个江边，也这样画过；来不及感激地告诉他，他让我想起了从前。

若干天后，在南江滨，相似的黄昏，相同的画夹，同一个少年。他在画雕塑群。我站着欣赏，这一次，他不动声色，心情像雕塑一样沉静，笔法稳健。我在心里说，他没有白来写生，静水深流的闽江磨砺的不仅仅是他的画技，还有他的心性定力。

有朋友掏出多年积蓄，购买了沿江的房子。房子一直闲置。空房之外，有他的经历和不曾裸露的内心，以及从头到尾隐藏在购买力之外的态度：不是追求幸福，而是追求比别人幸福。有天晚上，他来巡视房子，没想到来了就不想走了，推窗可望江流，入眠即枕江涛，猛然间决定把剩下的人生交给这盈盈一水。水波流转，春秋几度，再见他时，他春风扑面，小锤子般声声擂人的粗声重韵的方言，在他嘴里早失去了先前的凌厉与棱角。是闽江软化了他的傲慢与尖刻，清澈的闽江水洗去了他的铅华。我说，你买这套房子值了，你拥有的不仅是安然的居所、明快的生活，还有一颗清逸的心，这是附加在房价之外的文化增值。他听了不置可否，嘿嘿一笑。

一直知道，水，构成了湿润的偏旁，滑润、滋润、濡润、温润，一个比一个美好，却没料到心性与水是如此密切相关，若没有这条江，朋友的灵魂怎肯踏实下来？他笑容灿烂，目光明亮——让我一时相信，整条江的波光云影，都盛放在他眼里了。

闽江的夜色，温柔而妩媚，轻轻吹着舒暖的风……

江流两岸是气宇轩昂的高楼，万家灯火星星点点，楼群轮廓灯变幻炫彩，宛如一树繁花开遍；桥梁弯下粗壮的腰，深情地拥吻碧江。所有的光，无声无息地摇碎在水面，荡出灯光波影共徘徊的迷离影像。

水真是一支大彩笔啊，将蕴藏在平凡中的伟大、隐没在暗淡里的光明，在有限的篇幅中一一呈现。只见月光下，江波粼粼，绿树、建筑、彩灯、夜空交织变幻；倒影、逆光、反射、水光闪烁流转。视野收放开合中，不禁感悟到矛盾组合的辩证存在——永恒与流逝，现代与古老，硬朗与柔软，华丽与素朴，真实与虚幻，共汇一江。

风过处，漾动一江盛景。历史就是这一江波光滟影吗？诸峰环野绿，一水抱城流，曾经的福州城被闽江玉臂紧紧环拥，若干年后的今天，一江穿城而过，水在城中央，扩大的不仅仅是版图，更是眼界和胸襟。一道碧水，不再作为城区天然分界线，而是成为城市框架的某条轴线，贯穿全城，宛如掌心中那条清晰绵延的生命线。曾经的两岸，殷殷对望，往来穿梭多靠一舟一橹，转眼间已是座座高桥飞架南北，咫尺不再天涯，对望变成对接。且看桥下水流哗哗，桥上车轮辘辘，一遍遍合奏着盛世欢歌。

不尽闽江滚滚来，更行更远更生。一条闽江，可以为一个社区、一个街道、一个辖区，乃至一座城市命名。江滨，达江，临江，台江，这样的地方，江流的影子无所不在。闽江的乳汁流入沿江子嗣的血管，回荡出隐秘的涛声，他们便附上了这条江的灵魂和性格。繁星般散落在上下杭的商贸民居及会馆，就是旧时商埠兴盛发达的缩影，如今烟华散尽，沉淀上升为商贸文化。喝着闽江水长大的拳拳子民珍视这份岁月的馈赠，不愿沉迷过去的繁华旧梦，以开拓进取的精神及日新月异的成就，对时代作出悠长的回应和辉煌的抵达。

江上偶有珠光宝气的观光艇，徐徐滑行。最近，听说增设了新项目——游闽江，听闽剧，品闽菜。我想除了充分调动器官外，更重要的是一份文化韵味的承享与播续，使得驾兴的游人与邂逅的城市，在某个节点，无限接近，甚至契合。当闽剧或高亢激扬或细腻柔婉的唱腔，余音袅袅，半入江风半入云；当清爽淡雅、偏于酸甜、注重调汤的闽菜，在异乡人齿颊留香，我们可以自信地说：闽都文化扩增了这条河流的活力，构成了额外的浪花和涟漪。

　　此刻，闽江，在桥下流淌；游艇，在江心滑行；我，在岸边漫步；大道，在堤上延伸；车辆，在路中奔驰；高楼，在街侧生长……这些运动，都朝着时代。时代宏阔，光影交错，涛走云飞花开花落，一切都不过是时间岸崖旁一抹浓来淡去的风景。

　　一个人的人生，或者一座城市的生命，无论如何的花团锦簇、天高水长，最美的瞬间，或许就是这样——在赶往时代的路上。

触摸三坊七巷

天底下还会不会有第二个这样的地方？拆开了，坊归坊，巷是巷，坊有坊的风姿，巷有巷的面容，一坊一巷竞风流；拼起来，坊坊毗连，巷巷贯通，坊块巷垒依偎交错，联手打造出偌大景致——"明清古建筑博物馆"。

没错，我说的这个地方，就是三坊七巷——中国唯一现存的坊巷格局的老街。

选个高处，俯瞰，南后街仿若一位指挥若定的长者，稳坐台中。他的一个手势，坊便在右，巷则在左，井然有序地排兵布阵，端立两旁，敛声屏气地接受这位长辈的检阅。这些孙男娣女，应该是同一辈分的兄弟姐妹，你看名字那么规整，按性别分为"坊"字辈和"巷"字辈：衣锦坊、文儒坊、光禄坊；杨桥巷、郎官巷、安民巷、黄巷、塔巷、宫巷、吉庇巷。光念名字，音韵铿锵，简约动听，有如珠敲玉振。再一品读，意蕴深永，令人动容，不知背后隐匿了多少故事。

曾有人将三坊七巷横来纵往方正俨然的格局，比作"鱼骨架"，描画准确生动。但我总觉俗气了点，配不上这文气滔滔的一帮孩子。或许，用"叶脉"比喻会更俊雅合适，因为它们是福州这座文化古城的点睛之笔、千年"文脉"。

这一条条细长的里坊街巷，手拉手圈起了660亩的天地，也牵拽住了一段历史时空。有滔滔闽江潮为证，林则徐、严复、沈葆桢、林觉民、陈衍、林徽因、冰心、庐隐……一个又一个风流俊杰曾从这块弹丸之地走出，走向中国近现代宏阔的舞台，灼灼其华，万人景仰。

为何上苍独佑此处，让它紧握历史的双手一次次高调对话，让"人杰地灵"一词再三被印证和描述？也许，峻宇的马鞍墙不知，它隔开了各家各户的心思，却挡不住四处漫溢的书卷气。"路逢十客九青衿……巷南巷北读书声。"这琅琅书声，苍翠的乌山听过，精致的雕花窗听过，繁密的榕荫听过，撑着纸伞茉莉花一样的女子听过，街巷里嗒嗒穿行的高轩驷马听过，市桥静静的灯火听过，酬唱不歇的光禄吟台听过，灭炬而过的黄巢兵，也一定听过。

因这扑面文气，三坊七巷匍匐成闽都的壮美浮雕，让一砖一瓦都载满地方历史人文的鲜活记忆。如此古迹，怎能不去踏访触摸？一个闲散的日子，漫步石板路，向晚的风，在纤瘦的坊巷悠游穿行，沾染了文气似的，沉潜内敛，让人不忍喧闹或重脚抬步，踏碎这一方宁谧。于是，就这么移着，轻轻悄悄。

青石白墙，黛瓦朱门，幽巷古榕，屋檐石础，一路夹道尾随，古意盎然，不知不觉，尘土飞落，浮躁散去。间或，某某故居的牌匾映入眼帘，那是先贤留在青册简编上的背影。睹物思人，肃然起敬，每叩访一处，我都下意识地抬头仰望苍穹。夜色微醺，星星还未上路。安慰自己，别急，待会儿繁星缀空，有几颗，一定会是他们闪烁智慧的睿眼。

心灵投入，更见风景。为了不使三坊七巷的月光过于黯淡清冷，党政领导英明决策，有识之士秉笔直言，热心民众积极献计，合力吹响了修缮的号角。于是，三坊七巷这本线装古籍，哗的一声，翻开了崭新一页，隐逸而不甘沉沦，古朴却难掩光芒。

修葺一新的南后街，沿街多为全木结构的二层仿古建筑，从街头望向街尾，高低错落苍黄一片。房檐屋角，大红灯笼遥遥垂下，远远近近地在风中摇曳火样盛年。街边立有裱褙书画、扎花灯等雕塑，是福州老时光的切片。今天，这些传统工艺依然鲜活。新建的坊巷牌楼默然而立，配以名家书写的名字楹联刻勒其上，顿时变得生动，或典雅、拙朴，或宏威、俏丽，自有一派风流气象。隐约，一阵急管繁弦从街头传来，飘进耳朵，也一下子落到心上，怕是风雨廊正在醉享属于它的清风雅韵。是啊，有色还要有声，这从岁月深处流淌而来的"十番"民乐，恰好配得上这片古色古香的天地。

三坊七巷终究没有被流年的风吹得像风一样散去，也没有被现代文明吞没，反而焕发出时代的熠熠光彩。在东街口高楼林立繁华如织的映衬下，尤显稀珍。这是时代足音与历史回声的激荡交响、官方谋识和民间智慧的汇聚凝结、文化保护同商业利益的博弈胜局，也是福州之福。

这样想着的时候，夜色潇潇而下，三坊七巷恬然入梦。它生命的绮梦，刚刚开始；故事，还将继续。坊巷安在，灯市如昼；岁月安好，人心如春。世界还要怎样的美？

一座城，有这样的坊巷，真好！

走近牛牯扑

此山叫牛牯扑，一个乡野气息浓厚的名字，却注定要在时代的幕布上涂抹绚丽的一笔。

1929年，离开红四军领导岗位的毛泽东，身患疟疾，身惫神疲。8月21日，他化名"杨先生"来到这里，入住华兴楼，为安全起见，随后搬到青山下一间临时搭盖的竹寮养病。就是这间简陋的竹寮，毛泽东亲手研墨挥笔劲书"饶丰书房"；就是这间窄小的书房，一豆微烛在长夜里跳跃，照亮一颗失意苦闷的心灵。9月17日，当地反动民团突然扑来，山峭路陡，沉疴在身的毛泽东无法行走，担架也派不上用场。村民陈添裕毅然背起魁梧的毛泽东，倒穿草鞋，一步一挪地往数里远的雨紫坪转移。

青山依旧在，人烟已杳杳。当年有五十余户人家的山村，如今已是人去楼空。幸好，当年的竹寮遗迹尚存，毛泽东当年圈养马匹处，也理直气壮地建起了革命历史遗迹——毛主席纪念亭。

纪念亭小巧素朴，低调得像当地百姓。亭前芭蕉葱葱，樟树郁郁，一年四季朝伴流岚，暮隐薄雾，并不寂寞。1953年国庆节，毛泽东专电邀请陈添裕到天安门城楼观礼。2004年10月，当年担任毛泽东警卫的粟裕将军，他的女儿粟慧宁与丈夫陈小鲁（陈毅之子）专程来此寻访父辈的革命足迹。

一个在地图上找不到任何标记的三家村，一个平凡渺小如一滴水珠的革命基地，一个普通得毫不起眼的农村民兵，竟让革命者和革命者的后代如此牵挂！是为了报答舍命相救的恩人？抑或为了牢记一段烽火岁月？

历史不会忘记，在牛牯扑的日子，是当地百姓从牙缝里挤出肉蛋给伟人滋补身体；是当地百姓冒险涉危，突破重重关卡去山下为伟人求医索药；是当地百姓想方设法从各地搜集报刊和信息，让身处一隅的伟人在心力交瘁之时，仍能把握波诡云谲的时势，引而待发。正是人民群众的众手拱卫，纵使岁月脆弱，脆弱到一个挥手定乾坤的伟人在历史生死关头无奈卸甲时，脆弱到卸甲的伟人只能攀伏在一个孱弱的肩背上突围避险时，历史依旧顽强，顽强到一个俯曲的肩背，可以背负一代伟人；一双倒穿的草鞋，足以承载一段荣光；顽强到一个无名的山村，可以穿越浩渺时空，铭刻永恒记忆。

一身弱骨背起伟人，脱离险境；又有一副担架抬起伟人，走进临江楼。终于，面对一阵接一阵劲厉的秋风，面对"不是春光，胜似春光"的壮阔美景，豪情满怀地写下"战地黄花分外香"之后，伟岸的身躯愈加挺拔，昂然步入古田，一个永放光芒的会议由此诞生，历史的巨舰从此拨正了航向，乘风破浪，直挂沧海。

青山有幸，留下了伟人的足迹；牛牯扑有幸，留下了历史的足迹；而我有幸，在天高云淡的一个秋日，能够追寻这历史深处永不磨灭的足迹。

那光芒，永不黯淡

在访谒古田会议会址前，与它有过不止一次的相逢，那是阅读。客观的记录、细腻的解读、深刻的评论、真挚的感情以及对历史的追忆、未来的憧憬，总爱以文字、影像、声音等形式，交错重叠地散落在这群山深处的"万源祠"。它是一个红色符号啊！

然而，浮于表面的晤逢，顶多算是路遇，印象不免干涩，担心哪一天会淡成薄雾。为了让它的名字与模样，如纹雕一般铭刻在记忆深处，我决定踏访它。

车在秋光里穿行，穿越闽西的绿水青山。很快，庄严肃穆的古田会议会址赫然在前。它不失为一座典型的"客家祠堂"，小四合院式的平房建筑，有前后两厅和左右厢房，还有一坪天井。青砖、灰墙、黑瓦、红柱、飞檐翘角、横梁斗拱、石基木雕……我是闽西客家子民，乍一眼，"似曾相识"中没有激起太多的新奇。

可是，一切的眼熟，都架不住祠堂后面高竖的"古田会议永放光芒"红色大字的鲜明映衬，让我不敢妄断"熟悉处无风景"。光芒笼罩之下，我唯一能做的，是以朝圣的心去贴近和感知。

只见宗祠远望莽莽群山，近枕潺潺清溪，前有平平整整的农田，后是郁郁葱葱的树林。整个建筑物谈不上峻宇巍昂，却傲然呈现独特的神采风流。它不是一般的建筑，也不是普通的景点，而是一个久负盛名的教育基地，一段永不磨灭的历史，站在它面前的人，必须用很低的姿势和很静的心绪才能充分感知它沉雄的脉跳。

一切的物象都是陈旧的，但透过时光的尘埃，宛然浮现当年的会议场景。1929年12月28—29日，细雪纷飞，120多名红四军党代表、士兵代表和地方干部代表、妇女代表济济一堂。他们衣裳单薄，千补百衲，为御严寒，在天井旁堆柴生火。一边是空气的凝寒，一边是讨论的热烈，寒温交织中通过了《决议案》，确立了"思想建党、政治建军"的纲领。

展厅悬挂着毛泽东、周恩来、朱德、陈毅等当年战斗于斯的革命家的图片和简介。这些图文，把我的思绪拉回到那段时局艰险的革命低潮时期，那些恩怨交织的故事始终未在时光隧道中走远走散。我不想用意念来滤过一些情节，那不符合历史的真实脉络。矛盾、争论、波折、退位、迷茫、理想、坚守、坦诚、智慧、胸襟、回归、"新年贺词"、九月来信、转折、起点……每一个词都可以成为那个时代的关键词，每一个词背后都隐藏着说不尽的故事。

正厅左侧的一间厢房，是毛泽东当时的办公室，陈设简陋，只有一张四方桌和两条凳子。桌上放着数根香烟，想必是出于史实还原需要，这份细心让我遥想出更多历史细节：风高夜冷，窗外林涛怒吼，斗室内烛光摇曳，一个高大的身影伏于案前，时而停笔凝思，时而濡墨挥毫，时不时猛吸一两口烟，思想的火花随着烟头的明灭不停闪烁，笔底的文字与升腾的烟雾一起流淌；间或一两声咳嗽或哈欠，打破沉寂的夜色……夙兴夜寐，喜换《中国共产党红军第四军第九次代表大会决议案》落笔成篇，字字珠玑。相似的情景发生在几天后，在距此一公里的"协成店"，毛泽东读出了信上"红旗到底能打多久"的悲观情绪，分析出问号后面的思潮暗涌。尔后，他埋首奋笔，终于，点墨成金，洋洋洒洒万言文《星星之火，可以燎原》一气呵成，光照千秋。"解决建党建军的根本问题""万里长征起点""古田会议永放光芒"，每一个定论都掷地有声。无疑，历史于它，是慎之又慎的置放，并非擦肩而过的邂逅；它于历史，是关键时刻的挺身而出、勇于担当。

　　移步祠外，在水井边这个毛泽东和战友经常对坐谈心的地方，我久久低回。眼前的灰墙，当年的标语清晰依然，透出厚重的质感，仿若一张大幕正在徐徐展开，映现出历史深景，让我在伟大革命先辈卓越的心灵间，来回穿梭。我想：历史在这里的凝固，不是随便一翻就能翻过的，它已上升为国家记忆；会议所散射出来的光芒，也必将继续照亮未来，永不黯淡……

第三辑

乡村背影

泥土，梦想的来处

山在大山的深处，这是对不太诗意的山旮旯里的家乡诗意的表达。山多了，田就少，其实是一个困阵。尘网劳蛛似的乡亲们，便自力更生地从山坡野地去寻求生命的依靠。土堆山冈被削下去，沟壑坑洼被填起来，在同一等高线上，梯田的长埂以最柔软的线条和最坚硬的质地，堤坝式地砌起。是的，它们的使命就是一道坝，誓死拦截百姓一箸一碗里的着落，打败贫苦的咒语。

依山赋形的结果，是千层万叠向上的铺展中尽显高低、层次、阔狭、凹凸及弧线、拐角的变化。那里，时空弯曲，乾坤挪移。它们的名字叫梯田，苦涩而又美丽。它们是乡亲们的粮仓；有一天，竟也成了镜头的焦点，形形色色的人，在此"行行摄摄"。

田埂泾渭分明地分割出大大小小的田块，归属不同的主人，各植所需。表面看，一丘田，就是一座孤岛，互不相干，各自为政，然而，当你引水灌溉时，便会发现远不是这么回事。如果某一块田远离沟渠，隔着别家的田，三丘五丘，要实现饮水解渴，得顺着渠口，依次将每一丘田灌饱了才行，其间没有"捷径"，这是乡村的秩序：田，有水一起喝；人，才能有饭一起吃！当依偎连片的青葱在面前涌动，你蓦然醒悟：许多的美，在自然天地，在泥土之下，在植株的根部，在眼睛看不到的地方，细水长流地秘密流转。这是田头地尾的另一种水到渠成——植物最后都会出落得水润纯良，好比伺候这片田地的美

第三辑 乡村背影

121

丽的乡亲、美好的规则。

乡下的土地是活着的，是有一口气的。地气一动，便要呼出那一波又一波的绿色。这不，一俟节令敲锣打鼓，最先感知的往往是泥土，尽管霜雪覆盖之下沉睡一冬，但当这第一声鸣锣响鼓掠过耳际，第一缕春风吻过眉睫，地底涌动着的暗流，便瞬间汹涌成离离泥上草。此时，节令的锣鼓加之泥土的气场，构成了稼穑的宣言，再懒惰的人也不敢不顾脸面，用俚语形容就是不敢"跌锣跌鼓"——客家方言是泥土上长出来的，所以像植物一样丰润生动。伴着一年中最勤快最早到的立春，乡亲们立起了做一番大事的雄心，农谚"宁舍一锭金，不舍一年春"生动描述了众生犹惜寸阴中那份脚踏实地的抱负。

乡亲们紧锣密鼓地扶犁翻土，一时间，田土开花，喧腾腾地扬锣擂鼓，仿佛木匠的刨刀轻捷滑过，刨花翻卷木屑纷飞。远远望去，一垄深一垄浅，颜色乌黑间杂褐黄，折扇一样，展开，展开，满是虹彩。

百姓一年的生计与希望的虹彩，就是从这一片田地开始的。当然，还需要一粒稻谷，一粒成熟饱满并拥有一副拯救饥饿的热心肠的稻谷。如果你见过春风是怎样从裂开的谷口吹出一片绿来的，就该为沉甸甸的稻穗倒下而欢呼鼓掌。这些归仓的谷粒，只是暂时沉睡，而非沉沦，因为它们懂得，天高地阔，时序有度；生死轮回，不惧不忧。

雷声从天边隐隐传来，某些颗粒饱满而内心虚静的谷粒，就从记忆和仓库出发，乘着江南二月熏风，漂流在春江水暖浸灌的田沟，裂口生芽。先是一星珍珠白，尔后一抹鹅黄，再后是一段浅黄，接着是一丛翠绿，然后是一片玉绿，最后又是一捧橙黄，直至金黄。这是稻谷从春到夏的色泽，也是稻谷的一生，充盈克难的耐心与奉献的光泽。乡亲们伴着稻谷许多个一生后走完自己的一生，亦是从容淡定，不慌不忙。

当金色铺满大地，农人便低头向低着头的稻穗致敬，眼里有一粒像稻穗一样饱满的泪珠。那热泪，一定是要表达什么的。——是啊，稻谷慈悲的一生，简直是一首歌。前奏是浸种，过门是插秧，高潮是收割。犹记插秧时节，为赶节气，大人小孩齐上阵。春雨霏霏，天潮地湿，斗笠蓑衣下的躯体分工明确，男人们甩开膀子，往田中抛掷秧捆；小孩传秧送饭，心性不定却知冷知热；女人们扎好马步，把准株距，麻利地抖开一条条由秧苗织成的绿绸。这是一片"不知有汉无论魏晋"的富足的新绿，在以田为生、靠天吃饭的年头，看看就是一种安慰。多少年了，"田夫抛秧田妇接，小儿拔秧大儿插。笠是兜鍪蓑是甲，雨从头上湿到胛"的剪影，还时常画一般浮现于梦境。

曾经，我细瘦的双脚也踩在被水泡过、被牛踏过、被犁耙翻读过的田里，当油滋滋的稀泥从脚趾缝间淘气地挤钻出来，我用秧苗在田间写下几首歪歪扭扭的诗行。一步步退着，就退到田埂边了，既然"纸张"用完了，就收笔吧，从田间拔出脚丫，水面漾开一圈圈波纹，那是我对这首小诗反复画上的句号。

休憩间隙，站在田埂上，站在梯田云涌雾绕的高处，放眼四顾。"绿毯子"从上往下滚，那个不管不顾的泼皮劲儿，一会工夫便铺绿了大半个江山。我知道这张毯子在视线的尽头还在滚动，没有停歇的意思，它要铺展出一个庞大的气象。那一刻，我承认被震撼得失语，仿佛观临了整个春天的诗意，带着人间烟火的荣光与磅礴。原来，广阔的田野是天然的舞台，斜风、细雨，还有燕子的啁啾、四起的蛙鸣，是再好不过的舞美布景了，一切都在等待秧苗的专场演出。

发生在泥土上的故事，并非都是安然无恙、风调雨顺的主题。有时天旱，泥土只好干着急了。然而，泥土是不贪不嗔的，一场小雨，便感动得对整个燥烈深广的世界原谅到底。你看，一夜之间，泥土就将身上依附的禾株彻头彻尾地润湿抹绿，让它们如灵魂附体地疯长，直到收获的季节，用充满黄色金属质感的声音把这场小雨唱成一首赞美诗——甘霖！

　　静美而丰饶的泥土，方舟一样泊着，不仅生长植物，也生长房屋——土楼。泥土对乡亲们的关怀抚慰，竟是这般的宽宏而彻底。那个泥土构筑的世界，如此之小，又如此之大，客家人就在一个个高矮方圆的屋檐下生息繁衍，历经着这样的"小"和"大"走到了今天。琐碎劳碌的光阴，因为泥土的关怀，自有一番尘世饱满的安宁自在；泥土语境中穿行的人们，也磨出了泥土般黝黑粗糙的皮囊，锻得一副安土乐天的情怀。

　　有些土楼完成使命后原地倒下，从土里来回到土里去的姿态，仿佛一树繁花凋谢之际烧尽璀璨的悲壮无言，抱持安然的顺应和对自我的肯定。如果不倒下，还能剩什么呢？倒下成泥成灰，至少可以匍匐长出青蔬甜果，胜过一切外在残立的虚名——这是对生命的洞彻。倒下的生命果真不死，还在决定着植物的活路，恩赐着动物的活命，影响着人们的活法，从这点上看，谁又活得过泥土本身？

　　写到这，泥土与人构成的关系图谱，不期然地映现于前。似乎，人们的吃、穿、住、行，以及夹杂乡音的奔波、内心的悸动和隐秘的梦想，都来源于泥土。泥土这列方舟啊，此岸彼岸，渡人渡己。激动之余，不由得轻点一支思绪的长篙，这舟子又载动了乡愁。情不自禁地以诗抒怀：

　　　　就是这把土
　　　　躺下来

　　　　是一畦青菜苗一垄红番薯
　　　　是一页页鲜活的日子

　　　　就是这把土

立起来
是一堵挡风墙一个土楼寨
是一处处温暖的家

就是这把土
揣在怀
是一抹故乡魂一把思亲苦
是一双双回归的脚步

  诗中有几个意向——对于故乡的风物，漂泊的人总爱去附会，以慰解百折千转的心绪。不过，力有不逮，诗不达意。我真正的愿意是：将自己也嵌到土墙上去，哪怕只在那里待上十天半月，一阵风吹雨打就掉落下来，也愿意。如此，好歹以泥土的身份做了一回围墙，护炉火不熄，看炊烟升起……

祠堂的背影

　　流年的风，徐徐吹。先祖早已化为尘埃，只有他们的血脉，仿佛一条大河，奔腾不息，淌出溪细泉流，纵横交织在苍茫大地上，向未来迤逦。广袤地域上楔着的祠堂，星罗棋布，仿若一枚枚印章，戳盖每条河脉的源头走向，标注各个村落的姓氏衍派。

　　抛开细节，我们村庄曾经的祠堂，跟其他客家祠堂几无二致。土木结构的低矮院落，白墙黑瓦，中置天井坪由卵石相铺，费心拼出的图案，生动、具体，逐一对应某种象征和隐喻。高高的台基上正厅端坐，粗壮的木柱，高置的龛位，渲染着权威与庄肃。案桌上古旧的香炉，一年年盘旋着清新的烟雾。

　　与正厅相比，庑廊失却优势，懂得收敛，低着头退守两侧，似乎在提示人的命运：一个人再有能耐，终局无非是牌位或族谱上的字符，缩于边角。檐上翘角曲竖，以势不可挡的力量抗拒江南雨水密集造访的停留浸渍。匾枋彩绘风化脱落，画面模糊，窃诉岁月斑驳，但不妨碍我由此想象它初建时的壮观美艳和烟火缭绕。

　　大门贴了对联"祖德源流远，宗功世泽长"。这样的字句是格式化的，贴的方式也是规程式的，在南方广阔大地上站立的任何一座祠堂都可能出现。可是从贴切程度看，联句再好不过了，仿佛那几个字谋划已久，挑一个日子从浩瀚的字海里相约而来，专为贴在祠堂的门柱之上。字义也不深奥，让人轻易看到它的核心指向，虽无新意，却也凝聚正能量——辛劳中的人们，即便忙得脚不点地，甚至在生活重压之下气喘吁吁，也不愿失去对水源木本的追缅和万世祥发的祈愿。

字迹拙朴，苍劲有力，一如土地上的植物，安妥中见张扬。料想执笔者一定心存敬畏，不敢马虎潦草。书写场景似乎就这样确凿地铺展于眼前：阳光与微风在天井中跳动，某位饱读诗书的乡绅，眯缝着落日般浑浊昏花的双眼，一手捋着花白的胡须，沉吟片刻；一手缓缓提起毛笔，用笔锋灵韵轻醮着乌黑发亮的浓墨，在裁成竖长条的红纸上，笔走龙蛇书写着那几个颂词。有温驯的邻家孩童小心翼翼地牵着写好的对联，摊在墙垣下晾晒，待纸上的墨汁吸饱了阳光，便将它们贴到该去的地方。红纸黑字，这下，我正痴痴读着，眼前这耐人寻味的楹联突然活了，饱满淋漓的墨汁，滴落到我的心上，打湿了我在时光深处的探寻与张望。

祠堂前襟池塘，盛满云霞；后拥山丘，遍植松柏，据说是水阴山阳，合二为一，象征太极的圆融和合。不管有无风水一说，这绿野田畴之上，有丘有树有水有祠，已是一幅上佳的丹青水墨画卷。先祖的智慧就这样不动声色地移植进画面，年年月月反复呈现。江南的每一个日子，仿佛都是春天，永远都是草色青青、暮色迟迟。这不，静立在古朴的祠堂前，向晚的风蹑手蹑脚，把山丘霭霭的青草气息掬捧给我，又吹皱池塘，让粼粼微波翻起祠堂层层叠叠的故事，摇漾我如澜心事。

因奉命撰拟祠堂重修碑记，让我有机会像一枚楔子不断深入到宗族历史中去。当翻开不同年代和版式的谱牒，那优雅繁体的汉字、娟秀端正的字迹、发黄齿缺的纸页、从容美好的心思，巧妙搭配在一起，就这样不动声色地出现在我面前，共同谋划着解构一段历史：一段我和我的父辈包纳其中的历史，那种震撼真是无以言表。透过密密麻麻的谱载文字，我突然发现小小的祠堂，竟是宗族繁衍和文明流变的见证者和承担者。族谱的代言发声，使得祠堂成为更具分量的实证，在两者牵手握臂共同构成的话语体系面前，我似乎获得秘不可宣的家族密码，得以穿越时光隧道，重温祖先的奇功、村落的发轫、文明的衍化、民风的氤氲、乡贤的风流……

当乡亲们从房梁上取下层层包裹的纸本的那一刻，我就确信能够打开关于一个宗族的秘密，因为保存得那样细心，多少可以对抗时光无情的摧残，而这里三层外三层密不透风的捆裹，必定暗藏着往事的索引。我不知道它是不是孤本，只知道发黄脆裂的纸面趴着细细密密的文字，这些慵懒的家伙已沉睡许久，似乎专等着我去唤醒。我不知道，如果不是因为撰记的需要，还有别的什么机缘能促使我与它见面，换句话说，如果不是我要找寻它，它还要在一层层报纸和布料的包裹中、在隐秘而黑暗的角落里待多久才会被人想起？

发黄的纸本没有让探寻的眼睛失望。透过语句表达略微零乱的文言记述，我觉察到一些令人动容的故事：与我密切关联的东洋简氏宗祠，在历朝越代的隆替补废中，有幸获得两次修缮。营建，重修，再重修，对于一个建筑来说，不断被关注，屡在最危险的时刻及时得到葺缮，也许是最好的宿命。从时间轴看，重修的间隔约莫百年，未挑明缘由，估计有倾圮颓敝的成分，但又似乎不全是，因为每次重修对祠堂大门的方位进行了或大或小的改变，无疑，那是一帮乡亲在昭昭群议之后，架着罗盘左摆右摆，认真校正着祠堂所枕之山脉、所锁之水口，期冀得龙脉正势，采风水精华，切实从八卦阵里觅得神秘的力量。那份燕翼贻谋的论证，那份慎重再三的抉择，无论如何，都应由衷感佩。正是因为先贤的云天襟抱，令宗祠宛在，柱立基宏；令支派无失其序，昭穆不乱其伦。

流年大利的马年，乡亲们的思维也想马儿一样撒蹄欢奔。大家富而思孝，孜孜以重修祠宇为务，随缘乐助，承袭古制，葺旧开新。伫立在新葺的祠堂前，只见堂内烛光闪烁，重檐之上覆盖着的暗绿琉璃，在阳光下闪动着一波波媚艳的光泽，整座宗祠宛如笼罩在一片祥光瑞气之中，美丽得令人怦然心动。建筑本身修旧如旧的周正体形，就这样披着与时俱进的外衣，抵拒着人们对它的隔膜与疏离。我突然悟及传统文化在民间有如青青陌上草，待一场野雨春风，便郁郁勃勃；悟及在传统文化浸润之下，作为与意识形态有关的建筑，譬如宗祠、庙宇、宫殿，从来备受善待，无人敷衍轻慢。

"祖茂公，名宏，乃惟益公之长子，生于癸丑年五月，卒于成化十二年。"这是族谱上另外一段郑重的记录，简短几句连缀成别具深意的话语。我看到一个人的一生，他衣袂飘飘，背影远去。当我在这里横平竖直、一笔一画抄录时，没有任何杂念，如果说有，那也仅仅是在偷偷想象这位先祖的相貌和肇基东洋山村的场景。时间，惯于把一切当作过客，擅长对历史留下的轨迹进行篡改删节，那大笔一挥中，究竟涂抹掉了多少细节？所以，我要借助想象的翅膀。

当然，在过于遥远而生疏的生活边缘，想象鞭长莫及，虚构也不可能胜利。我多么希望有更多的史料或活在人们嘴上的传说掌故，能够给予我的想象作些补充、注解或印证。作为历史的探秘者，我期待历史与想象有所交织暗合。幸好，有谱牒为证，祖茂公是我简氏十三世祖，东洋是我的"胞衣窟"。当一粒种子遇到适合的土壤，便暗自扎根迁延；一个人漂流到一个地方，一喘息，一驻足，便是千秋百代。如同先祖宏公的名字一样，宏大，宏远，天地俯仰之间，瓜绵椒衍，脉祚延旺；千丁济济，衣冠相望。蓦然间，一个人变成一个兴盛的村庄，一个姓氏化成一册厚重的族谱。

无疑，如此漫长得望不到头的家族流变是适合生长故事的，或平静或动荡，或温厚或惨淡，藏进蛛网密挂的角落和幽光泛动的烟波。如果懂得阅读，单单元宵节的祠堂，就有数不清的故事。当天循例举行一年一度的"闹祠堂"，由前一年的新婚或添丁的门户牵头，负责接待各房各支的人前来祭拜祖先、同娱共闹。由添喜添丁之人站出来张罗的主意多么绝妙，自愿中有不容抗拒的强迫，没有说透的逻辑是：谁叫上代的福分今年都落到你们头上了，理应多作些贡献以资答谢。这种传统几十年延守至今，也足以证明这"游戏规则"的高度合理。这是一种令祠堂烛火荧荧跳动而永不熄灭的民间秩序。

三牲五畜、米酒腊肉、糖果花生……盘盘碟碟，累累盈盈，占尽大供桌的每一寸地盘，可见晚辈心意之诚——最丰盛的美味悉数供给历代先祖优先配飨。一时间，喤喤考钟，坎坎击鼓，烟花绽放，人声鼎沸，将盛世的太平和农家的喜庆燃到沸点，丝毫不辜负那个"闹"字。周边村落也会共庆，一个村落一般有一个拿手好戏，这时，总会毫不怜惜地抖搂出来，你的龙灯、我的竹马、他的狮子互相串门展演，有声有色，异彩纷呈。夜越深，宗祠越明亮。一边是无比生动的忭庆场景，保持着最传统的乡村抒情；一边是乡野间无穷开阔的夜幕，喧闹中自有看不见的清朗明静！

放鞭炮也是重头戏，大家借着声响来表达内心喜悦的啸叫。想不到那不太惹眼的废纸、火硝紧紧抱在一起的时候，竟然包裹着如此强大的力量，远远给它一个火苗，它就能让空气激动得连打喷嚏。隔二三里相望、鸡犬之声相闻的邻近祠堂，几乎在同一时刻收到音响的震波。接下来，一种暗暗的较量便开始了。表面比的是谁家的祠堂放的鞭炮多、声音亮，实质是看究竟哪个宗祠传下的苗绪更昌盛更有能耐，默契，友好，不服输。阵阵鞭炮声过后的硫黄味，总是夹杂着浓烈的欢愉，迅速弥漫，连同急驰而来的春天，联袂芬芳整个季节。我想，是祠堂，也只有祠堂，有能耐将宗教般的庄严和世俗的快乐，恰到好处地融为一体。

祠堂是乡情的集散地。佳节来，同一血脉渊源的人，聚散如雾情如虹。

我曾在祠堂里凑过热闹喝过酒，粗瓷大碗的碰撞，糯米酒香的飘荡，猜拳划令的吆喝，让一些情绪化的日子和一些日子里的情绪，统统消融在酒里。曾在祠堂里，见旺腾腾的柴灶上支一个大铁镬，某位乡厨义务掌勺烹制食物，荤素参半，有生有熟，如同翻煮村庄荣光与黯淡交织的往事。曾在祠堂里焚香点烛磕头祭祖，通过把香烛高高举起、把腰深深弯下的姿势，虔诚肃谨地表达对脚下那片土地以及无数生命的敬仰与感恩。当然，还混挤在踊跃捐钱的人群中，乡亲们不是企图将名字留在乐捐簿、功德碑上，也并非奢求祖宗冥冥庇佑捐献的钱财能够明去暗来。为了什么？没有预先的安排和号令，可在低低的祠宇下，我看不到大家的躲闪、犹豫、老谋深算，他们大多身体瘦弱，表情拘谨，但一律的慷慨果决，让我心生敬意，在此谨以笔墨存念。

还有就是坐在祠堂僻静的角落，像蜗牛一样把触角探向族谱，探向一场绝尘而去的时光。我忘不了那线装古籍上微微颤动的暗黄，轻手翻阅间，宗族的秘密裸呈于前。族谱是历史的代名词。谱录尽是洗练的白描笔法，最重要也最直观的是姓名及与姓名连通着的前前后后的传衍。同宗同姓同袍同泽并非虚无，血缘脉络历历可辨，代代层层标注清晰。娟娟小字间，族繁尽载，像山野间高低层叠的田垄，排列整齐，万物生长。

我也曾在一座历史更为久远、据说是为纪念开基公在内的九世先公而建的古旧祠堂，度过小学时光。就在这个与我名字只有一字之差的"福源"小学里，我和红头绿羽的小伙伴们咿呀的读书声、课间欢快的嬉闹声，打破这里的青苔寂寂，与列祖列宗盘桓在此的灵魂同欢共舞；而先祖们殷切的目光，也注视着我们曾经花红叶绿的成长。祖先一定很欣慰，他歇息休养的一方天地，尽管砖陈瓦旧梁古栋老，但早有春风拂绿新苗，比"祠堂文化"初萌乍起的今天，整整早了几十年。由于在此识得汉字，我能够准确写出开基公的名字——致德。向德致敬！这两个字早已在孙男娣女的口碑中磨得发亮，它们如此干净、美好，恰似两颗饱满的谷粒，匀匀吞吐温热的气息，然后发芽沁叶。

前一阵，带着怀旧的心情，踏过一条条田塍，特地去了趟宗祠，那是儿时背着书包来回走着的路。学校早已不复存在，琅琅书声风流云散，这条路也因此少有人迹，不久之后会不会像草蛇灰线隐没在广阔的田野上？不过，历史倒不至于残忍吝啬到让祖先的名字以单薄排列的方式昏睡在日渐褪色的纸片上。"致德"二字后面连着他的骨血，连着他的梦想，连着骨血的骨血，续着梦想的梦想，便拥有无数的延伸和链接，如同一条不断延伸和分岔的河流，不管如何向前挺进和向旁分支，终不至于干涸与中断。

要离开，终不舍，不知何日再来。在宗祠外回望，再回望，祠堂已交给我一个背影。背影深处，伟大祖先和辛勤园丁的形象反复投射叠印。那一刻，我恍然感知祠堂于我的关系是如此的犬牙交错——以祠堂为原点，我有了生命气息；以祠堂为起点，我有了多彩童年；以祠堂为基点，我有了感恩情怀。我的每一步走向都与祠堂密切相关，我的最初及今天，我的悲伤和喜悦，一切并非凭空而来。时至今日，也才明白，为什么心底始终奔流着一条暗河，那若有若无的声音总模糊着思念的轮廓，让我在无数个夜阑时分，一次又一次忆起故乡苍老的月亮，忆起浸染在明月之下的祠堂，忆起祠堂牌位之下另一个世界亲人遥远的脸庞。

当脚步声像黄叶一样飘远，祠堂复又静寂。没关系，它历来习惯于无声的布景。想象着祠堂在暗绿的山脉、翠绿的田野那浓重色块粗放堆叠的民俗画里，像花朵一样静静开放，长绽不凋，拥有着形状最简洁、颜色最素雅的花瓣，悠长的历史就躲在花瓣紧紧围拢着的花心里，沉睡着，沉寂着，沉淀着……

门

有没有一扇门,在乡愁纠缠时分,缓缓打开你尘封的记忆?

一

老屋作为先辈辛劳的见证,既是他们的物质坐标,也是他们遗留给我们的可贵财富。其间弥散着他们的生活气息,从中亦可清晰地看到自己生命的源头。

老屋是一幢典型的客家府第式土楼,有如老屋眼睛的暗黄色的对开木门,醒目地镶嵌在周围灰黑的背景里,黑的瓦,黑的石基,灰的墙,灰的地板。木门方方正正地立着,有如钤记,一目了然地标注着它的朴实、坚守、厚重、沧桑。

这两扇木门,已活过了好几代。它与流年之间,好似豁口与汪洋的关系。闸门开启,舟楫往来,必有一些船儿,载着花嫁红衫美新娘;另有一些船儿,急急颠簸在浪里,盛满新生的啼哭。是的,该娶的娶,该生的生,娶了会生,生了又娶,木门一律"敞怀"接纳,逐渐"人丁兴旺"。村庄、家庭、白发老者、山样男人、慈爱母亲、风华少年……之间形成各种牵丝盘藤的关系以及各种联系所形成的喊叫,构成生生不息的意味。仿佛,放眼这道门,能够洞穿一个家族的古往今来、兴衰成败。

此时,我就伫立在老家的门前,感觉它真的老了,仿佛能听到流年的叹息。时光有看不到却又无所不在的手吗？是一把精细的雕刀？或也像把巨石磨成鹅卵石的流水？要不然，门的棱角为何不再分明，有的地方还非常圆溜顺滑。两扇门板之间严丝密缝的结合，也有了空隙漏洞，能穿过风、渗过光、透过窥探的眼睛。起初敦实周正的门槛，在来来回回的脚掌踩跨和各式各样的臀部坐靠中，也"凹塌"了身子。原来，作为最底层的门槛，虽缄默无言，却也作为门的重要组成部分，一直行进在奉献与苦难的路上。

我的目光，对着门，有如慢镜头轻轻摇移。它色泽黯淡，且东一块西一块布满"寿斑"，横一道竖一道刻着皱纹，一如老奶奶历经风霜的脸庞。禁不住伸出手去抚摸它，顺势一推，起承转合间，它笨拙、滞涩、疲惫，吱吱呀呀地喘着气叫着，宛如老奶奶含混不清的语言。

看着这门，不由得感叹中文造词之妙。"门面"，多么形象生动的词。门就是面，面就是门。时光在人的脸面上留下什么印痕，也同样会在木门上刻下相似的印迹。时光催人老，天地万物，谁能逃过时光的逡巡、摩挲、拂拭、催逼、改造？只不过以不同的形式表现罢了。小苗长成大树，桃花流成春水，朝为青丝暮成雪，本质终是一样，即随同时光一起成长、成熟、老去，甚至消亡。而众多的表现形式中，门与人的表现形式惊人一致，"人面木门相映老"。因此，当一个人想表达自己松鹤遐龄或倚老卖老时，就多了一个参照物——门。

二

这两扇木门，于我而言是多么熟稔，我的生命与它有过悲欢交集。围绕着门，曾经奢侈消磨过年少时光。——窄窄的木门里，有我的戏，那是生命的过往，是流逝的情怀，是镌刻心间的不泯记忆……

小时候，大人们扛锄下地，为了多几个收成，迟迟不肯收工。霭霭暮色里，我饿得前胸贴后背，坐在门槛上眼巴巴等他们回来，等着等着，竟然倚在门柱上睡着了。待他们踩一脚泥巴，一脸倦色归，我已迷迷糊糊做了一个梦，或流了一摊口水在门槛边。不曾想，若干年后，倚门翘首的人是年迈的双亲。晚风中，他们斑白的头发微微飘着，欣欣然等着我从异域求学、城市谋生归来。相同的人，相似的场景，却对换了等与被等的人。时光悄然转身，在他们的等待里，恍觉他们已然变成小时候孤单脆弱的自己。

还记得时常端着缺了口的粗瓷大碗坐在门槛边吃饭，有凉风一阵阵吹来，吹走囫囵吞饭时冒出的热量与汗珠。小时候的生活，就像这缺了口的瓷碗，缺米缺油缺钱甚至缺爱抚缺温暖。这种体味逼得我们心理早熟，日后证明这也未必是件坏事——磨难人生少徘徊啊。有时，懒得来来回回盛饭夹菜，干脆捧着搪瓷盆，饭满菜多，堆成小山似的，引得在门洞进进出出的大人如出一辙地"讪笑"：盆子比你头还大哩！饭不是好饭，菜更不是好菜，但胃口出奇的好，这是农村孩子命贱好养的生动例证吧。

胃口好的，还有蚂蚁。偶尔从嘴角漏掉一粒饭一根菜，它们成群结队过来搬运，拥挤中见规整，弱小中有力量。有时，鸡鸭们围过来伸长脖子抢我碗里的食，明目张胆，任我一个劲地手挥脚踢都吓唬不了它们，好不容易赶走一群，又有一批虎视眈眈地围挤过来，前赴后继。仿佛那是它们的地盘，坐在那里吃饭，要上贡纳税交保护费，不然跟你没完。只好站起来，让它们够不着，气得它们咕咕嘎嘎地叫；或者干脆挪个地方，惹不起，总躲得起吧。

放完学或周末，一帮年龄相仿的小伙伴，在门槛边，吸溜着鼻涕匍匐在地上弹玻璃珠子。贫乏的文艺生活，凸显了这一游戏的趣味性，我们乐此不疲。时常玩得兴起，非要彻底比个输赢，迟迟不肯回家吃饭，引得父母长一声短一声焦急地呼唤。

当然，这门槛不总属于我们。夏夜里，凉爽的山风循着门洞慷慨地吹来，劳作了一天的叔婆伯婶，或坐或站或靠，围聚在门的周围，摇着破扇，话桑麻谈时势，当然免不了东家长西家短，偶尔啪啪几声，扑打着前来凑热闹的蚊子。他们有着铁质一样的生活，他们断断续续的交谈和喜喜忧忧的故事，带着斑斑锈迹，全然于我们无关，我们也就懒得参与，自顾去睡了。往往一觉醒来，还能听到交谈声有一搭没一搭地传来，侧了个身子又酣酣地进入了梦乡，哪管它是天塌还是地陷，何况身旁还有老奶奶的蒲扇左右摇移，轻轻推着我的梦幻安然远行……

当这些旧日片段像电影胶片辘辘转动，突然有什么东西触动心尖。我们总是在告别，一场接一场的告别。人生总有这样一扇门，聚拢我们的美好光年，又冷眼坐看光阴散去，散去。那些我们曾经以为的永远不变，就在我们念念不忘和恋恋不舍中，被时光的洪流卷得一干二净。

三

门，是进入房屋的必经，是外与内的屏障。古语常以"门户"代表至关重要的关卡和通路，门即为房门，户即为窗户。随着土楼竣工，此门就以安全和装饰的需要应势存在了。当然，安全历来是最充分的存在理由，老百姓经世致用的价值观，让建筑特色的表现手法与装饰只能"装饰性"地存在，丝毫不能越居主流。

两扇木门并排对立，犹如同卵双胞胎，长得一模一样，同岁同高同宽同材质同颜色。上面贴着门神，因为两扇，一左一右刚好能给"哼哈"二将各自执权的领地。尽管不同时期有不同的门神信仰，《山海经》里的门神一个叫神荼，一个叫郁垒；唐太宗又让秦琼和尉迟恭坐上门端……但不管如何变迁，都深受民间尊崇。人们根据当地风俗和安全祈求，选择性地将"最有能耐"的神像上门上柱，用以驱邪避鬼、卫家宅、保平安、降吉祥。

从门神文化里，我们也可窥见门设置的初衷，它纯粹是从安全出发的一种自我保护行为，而不是自我封闭。自我保护与自我封闭，无论从字面看，还是从心理学意义上说，均属不同概念。从功用上看，乡下人的门的确只是防贼，不防乡邻，不避远客，不挡陌生路人，甚至不拒潦穷乞丐、鸡鸭猫狗、飞蝶走蚁，他们与它们都可自由出入。白天门通常是敞开的，那样便于邻里出入、好友串门、亲戚走动，即便暮色四合星星上路月上柳梢头，也依然开着，只等最后一户人家要睡了，才肯关上。说到底，这敞开的门，是乡亲们心门的表征，反映的是乡下人的一种心态——敞开着的心态，包容的心态，随时接纳的心态，迥异于城里人的心态。这时的门，是形式，开与关是内容、是技巧、是学问，是俗世的情怀，是生活的智慧。

老家敞开的门里是好客的客家乡亲，有句俚语常挂嘴边，"到了门上皆是客"。谁创造了"客气"这个词，真是聪慧，它是如此形象生动，把客家人谦诚友好、热情待人的习性表露无遗。不管你是熟悉的还是陌生的，是远来宾朋还是邻里族亲，是事先预约的还是突然造访的，只要迈过门槛一律被奉为座上宾。即便乞丐来了，也要赏上几个零钱；猫狗来了，也会扔下数块骨头。这种文化气息，是深深浸润在客家人骨子里的。即便世态炎凉的今天，尝尽流浪辛酸的客家人，自己再穷酸再窘迫，也不肯让门外人希望的手落空。这是一种弥足珍贵的坚守。

四

记忆深处还留存另一些灰色调的关于门被拆下放倒、挪作他用的零星碎片。当然，此时的门，全无"门"的意象，徒剩"板"的概念。

平整宽阔的门板，时不时充当屠夫的道具之一，宰杀了一头又一头乡亲们辛辛苦苦喂养的猪。乡亲们米泔水来青菜叶去地饲养着猪，猪也不肯辜负主人的好意，一年半载就长得膘肥体壮。家里出了意外急需用钱，或是赶上猪市旺季能卖好价钱，再是长到顶峰继续喂养没有增重增值的意义，均是扫猪出门的理由。主人与屠夫约好上门屠宰的日子，有了生意，屠夫们自是磨刀霍霍。

　　主人则拆了门板，洗净摊晾在厅里，等着屠夫上门。终于在某个微熹初露的清晨，还沉浸在睡梦里的猪被粗暴地吓醒，被铁钩钩住嘴角拖到大厅，最后被按在门板上。它死命挣扎，瞪着惊恐绝望的眼睛，声嘶力竭地嚎叫。谁说猪笨？简直是世俗的偏见，我觉得它非常聪明：它一躺在门板上，就知道死亡的逼近，它用恐慌与呐喊，来表达它的愤怒和对这个世界的留恋。冷不丁的，准备多时的亮晃晃的刀子猛地扎进咽喉，刀出血喷。猪挣扎着，渐渐没了力气与声息。门板作为一个"帮凶"，就这样轻而易举协助完成了一桩杀猪的买卖，血淋淋地上演一场关于猪的"生死劫"。数着一沓靠猪换来的钞票的主人余兴未了地将门板洗净了，重新装上。门板什么事也没发生似的，又淡淡然地立在那，恢复了门的功能，并等待着下一次的"助屠为虐"。

　　更残酷的是，拆下平放的门板，有时躺着的是人——失去最后一口气的人。前年中秋，亲眼瞧见自己的五叔穿好"寿衣"，直挺挺地躺在门板上。那个中秋的月光，流了一地惨白的寒意。门板上的五叔，自始至终一动不动，以越来越僵硬的姿势、越来越黑的脸色警示我们：人生无常，要爱自己，不可自作主张提前将人世归还现世。五叔后面还有很多形象，比如水晶棺中躺着的他，比如火葬场推车上白布裹着的他，比如骨灰盒里轻尘般睡着的他，比如遗照中漠然微笑的他，但唯有门板上静静躺着的他时常浮现在脑海。对此，我也挺纳闷。回头想想，也许，眼睁睁看着门板彻底遗弃五叔，以貌似温存的方式送别他，将他送到另一扇称为天堂或叫地狱的门，对此，我内心长存痛苦与不甘。

　　门最基本的属性是坚守。这两个片段，让我彻底不喜欢放倒的门板。它本应昂首挺胸站立在那，保持高贵的自尊，以门的具象，本色出演角色，该开且开，提供些许便利；需关就关，守护一方安宁。它大概忘了：门亦如人，一旦脱离自己的身份和熟悉的领域，没准会犯傻事。不是吗？

五

除此之外，我还会念着门的好！毕竟，有屋就有门，立墙先立门，它给我们提供便利的同时，已悄无声息地融入人类的文化历史进程。

在死板的墙上挖个洞，装上灵活的可开可合的门，不仅仅是满足通风、采光、出入等功能，更有心灵的寄托和文化的沉淀。正是门，让有限的空间，得以无限延伸。一个出口、一条通道、一处敞亮、一个视角、一帘阳光、一扉风雨、一方景色，赋予我们说不尽的诗情画意，可谓：春色一点，景象万般。从这点上说，门是点睛之笔。难以想象，倘若没有门，这个世界将沦落得怎样的死板和平淡。人创造了门，也创造了自己内心世界与所有生活。于是，人们对门产生了别样的感情，用智慧赋予它更深的内涵。自然而然，门就多了一种文化与色彩。

旧时禁忌多，其中一部分不肯退出历史舞台，顽强地流传到今天，并发展上升为传统文化。"门槛文化"算是其一吧。现今很多地方对"门槛"仍很讲究，绝不允许小孩踩踏。门槛，老家亲切叫"户栅"，那么温婉柔悦，仿佛在唤一个人的乳名。俗信里，户栅是有灵性的，谁家的户栅被踩踏，是不好的兆头。偏偏淘气的孩子们又最喜欢双手攀着门柱、跐着脚尖踏在户栅上。大人瞧见后总要皱起眉头，好像家道就此给踩踏没了一般，于是，免不了一声断喝："下来！没规矩没教养的家伙！"这矮矮的门槛，成了高端的准则。踩踏门槛的人，以为踩在高处，一不小心脚下却沉陷几度。

客家人除夕夜"开大门"的风俗，何时形成，无从考究，但一年比一年神圣、隆重。这个风俗，是人们用礼俗来表达对门的敬仰。百节年为首，"开大门"一点也不含糊，潜意识里"门"开得好坏，会定下整幢楼全年光景的基调。这好坏包括：开门时辰的选择，主司开门长辈的人选，开门时诵念的颂词，烟花鞭炮燃放过程是否中断，开门过程众人的语言、动作等等。当晚，吃过年夜饭，族人会翻开发黄的"通书"，定下开门的吉时，并通知各家各户。男人们提前集结，掐着手表，吉时一到，一位德高望重的长辈珍贵的手郑重地牵引着大门徐徐打开，朗声念诵"开门大吉、出行逢贵"。一时间，香焚烛点、烟花绽放、鞭炮齐鸣，将新年的喜悦于璀璨的夜色里无限延伸放大。尔后，门彻夜不能关闭，这是新的一年里首次开门，有着重要的象征意义。再说了，劳心尽力一年忙到头的门，也该歇歇，纵情地过年。况且，今夜无眠，今夜无贼。

有了文化的点染，门就成了厚实的一个载体，不是简单到直接以眼睛就可把捉的。尽管沉静、沉闷、沉默、沉寂是它的常态，但它沉稳、沉实，有内涵，后面总要藏着点什么，这也符合"静水深流"的哲理。视觉上的门简单地摆在那，一览无遗，可意识形态里的门，像门板一样，总是有几分厚度深度的，因为门时时与人发生关系，而一旦与人产生关系，就会沾染人的气息。人们对门的感受，也直接表达为衍生的一个个词：门第、门派、门路、门道、门槛、门生、门徒、门票等等。浅里看，是一个个普通的双字词；深里读，却是一语双关的多义词，是一个话题，一截故事，一段评论，一篇文章，一份关系。

现今，还出现"某某门"这个时髦的、精彩的高频使用词，时时刺激大家的眼球，仿佛淘气的小家伙不时变幻手法，抓你胳肢窝挠你痒痒。这是时代的创造。大家对这样的"门"总是乐此不疲地点击、思索、谈论、传播，从中获得娱乐或笑声。自"水门事件"作为政治丑闻以来，但凡出现富有新闻效应、能引起广泛公众关注和兴趣的事件，通通冠之以"某某门"。这种指代，简明扼要，一针见血，潜游着人们争相传播的隐秘冲动，如：拉链门、情报门、解说门、艳照门、间谍门、泼墨门、抄袭门、假捐门等事件。这样那样的"门"，五花八门。大众生活总是不肯规矩平淡得像潺潺细水流淌无声，隔三岔五总要扔些石块，激起浪花几朵。这不，这扇"门"还没关上，那扇"门"又訇然而开。殊不知，有的"门"一旦打开，永远无法关上。

六

门一开一阖，一天便过去了；再一开阖，一年就流走了。开阖间，演示着时间的进程，也演绎着辩证统一的关系。门是通道，是连接，是分界，是隔断，是礼俗，是文化。敞开门的时候，无分内外，两个世界融为一体，居住其中的人属于世界，世界属于居住其中的人；推上门的瞬间，时光连为一体，但空间却被泾渭分明地隔开，世界就此切割成两半：门里与门外。

门外是一个世界。目之所及的是宁静而又鲜活的世界，田野、庄稼、竹篱、小径、不知名的花草……以沉潜的力量活着。一两天你看不出它们的变化，可它们又全都在蓄积力量向上向前。这多少滋养了客家人不急躁不暴烈但又不懒散不放弃的性情，此性情也许以"淡定上达"最能概括。当然，远处还有对峙的群山，门前少不了绕流的溪水。此山此水，具有风水学意义，所以，门的方位朝向，不轻易变动，门里一代又一代子嗣竭力卫护着它以一个固定的姿势朝山伴水，以不变的方位、不动摇的力量，守望三餐一眠的安稳幸福。

于我而言，门里是一个天地，灰扑扑的低矮的土墙瓦房，使我望见的通常是天井上的一方天空，望见的只有那一角晴朗阴沉、星月风雨。渐渐的，我的性格与之契合，封闭、胆小、内向、狭逼。敏感的心常常有奇思怪想，又无处倾诉也不愿倾诉，便躲在某个僻静的角落摇动破笔；然后，左思了复右想，检查了又检查，末了才肯将工工整整写满字的薄薄几张纸，套上信封，贴上邮票，让它走出这个大门，走出门外的大山，到山外的世界去寻找命运。

有了手写字变成铅字的自信，后来，干脆背起行囊走出家门，沿着崎岖的山路走向远方，勇毅地把自己交给外面精彩而又陌生的世界以及遥不可知的未来。从家乡叫东洋的小山村，到现在榕城的西洋路。东洋、西洋，相隔近千里，却又都以"洋"字为辈，如两个亲兄弟，冥冥之中有什么力量牵引吗？只知道自己以东洋为起点，在5个学校读了19年的书，毕业后的12年里换了2个城市5个单位。然后定居在西洋路的某个小区。这一连串的数字肯定没有必然的逻辑与联系，却能远兜远转地画出"东洋"到"西洋"七弯八绕的轨迹。从老家的大门到校门，从校门到另一个校门，从最后一个校门到单位门，从单位门到另一个单位门，从城门到另一个城门，从租屋的门到新家的门。来来去去，总是从一扇门到另一扇门。

人生，就是这样，在一重又一重的门洞穿行，复穿行。每一道门，都留下我们生活的气息与生命的记忆。每一步踩下的足迹，都融入我们不悔的选择与不懈的奋斗。那是我们人生的诗行，我们总愿意将它们珍藏在记忆之门，时时回望，常常吟咏。

七

城里的家再新再好，门再大再阔，客居的我都要回到老家那破旧大门的，在某个长假、年节、周末，或某个想家的日子。我知道门始终不会忘记我，风再大雨再急，依然站在那儿等我，就如我悲也好喜也罢，始终不会忘记门一样。何况还有倚门盼归的双亲。何况双亲对我们这些远行的孩子宽容有加，无论我们多么潦倒落寞，无论我们多么平庸无奇，无论我们内心多受伤或者身体多病弱，都会敞开大门伸出温暖的双手迎接我们。为了这样的等待与拥抱，岂能不抬脚回头走？

离家既久，所有的念想，终于化成了晚春里的一张火车票。到家时，已近黄昏，暮霭沉沉的天色与苍灰的心境不谋而合。细雨无声飘洒，小径上疯长的草，凌凌乱乱偃卧成一道樊篱，阻拦我踏步向前。门已在望，但门边却没有往常倚立等待的父母，心蓦地一慌，顾不得脚下的杂草，一路呼啸生风地奔去。

门还在，但更老了，我不敢用惯常的用语"你好"向它打招呼，它确实不太好，尽管门楣上贴着"喜气临门"的横联。这联应是不久前的春节贴上的，旗帜一般鲜红，反衬着门的憔悴苍老。沿着裸露的墙基恣意攀爬的湿绿，夹杂着颓圮的深然意味。门愣愣地打量着我，宛若在看一场上个时代的旧电影。是啊，此刻的重逢，于门而言，是如此陌生，我已消失太久。风起雨落，伫立门前，竟是难言的惆怅。

门里的父母也在，像门一样，更老了。他们不期然地见到我，惊喜不已，满是皱纹的脸笑成两朵盛绽的秋菊，眼圈潮红。一路的细雨没能淋湿我，然而，父母眼里那滴将落未落的泪，却打湿了我。

所有的父母都是世界上最单纯的人，他们一生都在做一件事——爱孩子。比如此刻我的归来，父母决计用平日舍不得吃的食物做成我最喜爱的美味，为我接风洗尘。看着他们剁葱时呛出的泪、杀鸡时划破的手、洗碗时弄湿的袖、炸鱼时灼伤的臂、端汤时烫红的指、开锅时熏痛的脸以及从厨房出来后满身的油污……我心尖上幸福的颤动，仿佛微风拂过毫毛，柔软而又清晰。

今宵，故园在，故门在，故人在。可是，隔着烟波岁月，有一天父母终会融入黄土，进行绵长悠远的睡眠。届时，只有那屋那门，孤零零等待风尘仆仆的自己，那将是一种怎样的遗憾与创痛！

人世间有多少美好的事物，为什么总要在即将挥别或者遽然逝去的时候，才勾起人们心中那份难舍的情感？为什么总以为稀松平常不必在乎的东西，却在抬眼的一瞬间，迸发出穿越时空的力量，让人们为它久久仰视、为它深情挽留、为它惆怅叹息？为什么只有当倚门的父母慢慢被岁月搓成一张薄纸，镶嵌于镜框时，浮云流水般点点滴滴的昔年旧事，才针扎般地触痛心灵，让人视线模糊、心灵震颤？这一切，是不是太迟了？

忘归就是忘本，饮水还得思源。人生就像一片树叶，春天在哪棵树上长芽，深秋凋落，也一定要回归到曾经依托它的树下，这是绿叶对根的情意。漂泊的人，理应常常回归故里，沿着来时的路。一边是城中新家的门，一边是乡下老屋的门，彼此深情眺望着，两点只有一线，爱是两点间剪不断的长线。天涯与咫尺不也只有一条叫思念的路吗？生命总在奔忙迁徙，山重水隔路再远，只要思念还醒着，一颗归家的心，就永远不会迷路与疲惫。

瓦片之下

乡下的老宅，屋顶上铺着的是瓦片，鳞鳞千瓣，层叠交错。远望，宛如黑呢子大帽，扣在一位惊风怕雨的高个子头上，帽檐还压得低低的。这下好了，犹如一个魁梧的男人，有了一片温柔的天空。原来，泥土高墙再怎么森严峻宇，也是需要这一片片小瓦来庇护的。

乡村就有这么个好处，它让你不经意间学到这样强弱共生的道理；让你觉得世界上一切事物，都是根脉相连、互为因果的。

素洁的瓦，罩得住土墙，也配得上高远的天空。刚出窑的瓦片，晴空一般的蓝，一片挨一片，一桁接一桁，密密麻麻地铺在新盖的房屋顶上，与千古一碧的天空遥相呼应。那是一种怎样的美丽啊，天蓝的瓦片，单纯而宁静；瓦蓝的天空，干净而澄澈；天蓝，瓦蓝，心也童话般地明蓝了。最喜悦的，当数房主，头顶上终于有"几片瓦"了，冬暖夏凉，风雨不侵，自有人生的安慰和生命的依偎。这时的瓦片，分明是家的代名词。

人一旦入住，瓦房便开始弥漫着浓厚的生活气息，就连小小的瓦檐，都氤氲成一个丰富幽深的世界。瓦檐上，总有洁凉的月光铺洒下来；瓦檐下，总有温暖的灯光散逸出去。瓦檐内，总有远行的叮咛；瓦檐外，总有回归的脚步。而晨光夕月里，瓦檐下东进西出的，总是乡亲们孜孜不倦的身影，他们在属于自己的天地里，来来回回写着生活的诗行。

他们的生命，紧紧连着那片天地。椽柱垂着几捆山上采来的草药，头疼脑热方便管用；生了锈的铁钩挂着几条留作种子的老瓜及诱人的腊肉；屋顶上放着簸箕，摊晒新腌的菜干；倚着檐下的土墙，梓叔伯婶端着碗边吃边聊，几只狗晃来晃去，盼着骨头吐落；还有一些沾了泥巴的锄头倦倦地伏在墙根；向阳的檐角，有燕子在忙着衔泥筑巢。偶尔，暴雨突降，毫无防备的路人随意缩在瓦檐下躲雨，不必打上一声招呼。瓦檐，遂成乡亲们的舞台之一，虽土气狭小，却也温暖可亲。方言版的生活剧，就在这昼夜上演，精彩鲜活。

时光的手，悄然抚过瓦房。瓦房里的毛孩冒出胡茬，母亲变成母亲的母亲，瓦片也同岁月一起老去。瓦的蓝色，慢慢转成黛色，进而墨黑；瓦阵松了，瓦片破了，瓦缝参差了，积了落叶，漏了月光，渗了雨水，终于到需要翻修的时候了。翻修，在乡下有更通俗亲切的叫法——拣瓦。于是，在晴好的天气，阳光像静瀑一样，自天宇泼泼洒洒地倾泻而下，便可见一些拣瓦的人，在滴水都站不住脚的屋顶，弓着身子，试探着脚步。蓝的瓦与蓝的天之间，蠕动着他们汗流浃背的苍灰身影，感觉岁月之永、天地之大。

轻风吹过，他们无心去拥抱清风流云，矜谨地干着活儿。如此的小心翼翼，拣拾什么？翻读什么？——那缺了一角的瓦片，未上房梁之前就残了身子吗？如是，那因制瓦工的疏忽，还是窑工的失误，或是挑工的马虎？瓦不再明蓝的容颜，是流年的尘埃掩盖，抑或袅袅炊烟的熏染，还是天的蓝色块掉落瓦上，沉淀成那股子蓝黑深黑？支离破碎的瓦片，是哪个淘气的小孩恶作剧地扔砸石块所伤，或是遭到叫春的野猫亢奋踩踏？一些累坏了的枝条和树叶，在瓦檐上懒懒地躺了几季？孤独的毛蕨昂首问天，它最初的种子是风吹落的，还是鸟衔来的？而绿色的苔藓，又是哪个雨季留下的青涩记忆？

曾经，简单地以为，瓦只不过是晴天遮阳，雨天淌水罢了。直到一个月色脆薄的夜晚，有风呼呼地吹，我敏感而安静的心，听见了瓦片在我无眠的头顶纵情歌唱，心暖眼热的刹那，唯有轻轻说，原来你也未曾入睡，陪着我。自此，处处留心，且听瓦吟。冬日熙暖的阳光敲打瓦片，如小提琴缓缓推拉，若有若无，旋律平和；秋天飒飒的风在瓦面跑过，时缓时疾，声如短笛，悠扬跳跃；春夜的细雨，潇潇洒落，二胡般如泣如诉，惹人轻愁；夏季的暴雨，疏狂不羁，自是钟鼓铙钹急管繁弦的交响乐，即便停了，余音不散——瓦沟上的雨滴，如断线的珠子，一颗一颗，啪嗒啪嗒空阶滴到明，那是繁华散尽，落寞的红颜无休无止的叹息。

小小的瓦，还有另一种风情可读可赏。偶尔，碰到一两个理着"瓦片头"的小男孩，倍觉温驯伶俐。有时，也会遇上压着一块瓦片似的厚重刘海的妙龄少女，透出民国女子的遗韵，就无端猜度她小时候是否把玩过瓦片。尽管明白，古人生女虽称弄瓦，这里的"瓦"绝不是泥瓦，而是纺锤。但我想，倘若尘土，有幸被制瓦匠巧手抟制成别致的瓦，又经某个如花女子的纤手细细把玩，那窸窸窣窣摩出的也是玲珑妙曲，一如粲然的心事和等待的青春。

也一直为"宁为玉碎，不为瓦全"这个成语震撼感动，那八个字里有爱情的坚贞，有气节的凛然，有灵魂的不屈，有正义的呐喊。小时候曾听闻一则与瓦片有关的故事。据说几十年前村里某户人家有一个媳妇忤逆不孝，让婆婆受尽虐待。婆婆无奈暗使一招，夜夜在楼上摩搓"金子"。楼下的媳妇听后，觊觎这份遗产，顿时奇孝无比。婆婆死后，媳妇方知摩刮的不过是两片破瓦而已。听了这故事真叫人畅快，可谓残残两片断碎瓦，唱尽人间善恶曲。

不曾想，祖先，让沉实的泥土变成轻盈的瓦片，以飞翔的姿势高悬人类头顶，竟也凝成了我们心中漂流的梦。小时候，在河边，小伙伴们比赛掷瓦打水漂，看谁打得最远、水漂数量最多。挑拣、握紧、半蹲、扭身、抛掷、注目、聆听，瓦片在水面不停地飞掠弹跳，激起高高低低的声响和起起伏伏的涟漪，顿时，平清的河面有了鲜花绽放般的生动喧闹。我们目不转睛地注视着瓦片的去向，尽管它终要沉到水底，但它嗖嗖飞奔的身影，便是水上行舟的完美意象，摆渡着我们的快乐。现在想来，当时，瓦片用最轻的身体承载了最大的重量——童年远航的梦想。

踮足仰望屋顶的瓦片，也曾是我年少的闲情。方正的瓦片，一如书页，一页压着一页，倾吐着浓浓淡淡的文化气息。可不是，这瓦片，一路从西周走来，从祖先的双手走来，从泥土走来，从火窑走来，从江南的春雨走来，从北国的朔风走来，从帝王的行宫走来，从平民的陋屋走来，已然穿梭了万载千年，遮蔽了无数的霜风雪雨。这时，读瓦的眉睫总是润湿，因为总想起母亲的形象。松软的土坯，变成坚硬的瓦片，再变成家园的守望，其间历经了多少苦难，敲击、揉搓、踩踏、烧铸、风吹、日晒、雨淋、露打、霜欺、雪冻……承当了多少，获取又几何？它的价值，只有"母亲"这个词堪以度量。

然而，现代城市文明遗弃了瓦片。推土机轰隆隆地推倒了老房子，墙倒了、塌了，瓦坠了、碎了，簌簌有声，那是生命的绝唱，不尽的悲凉；钢筋水泥的华屋大厦也在明目张胆地排斥淳朴的瓦片，让它没有新的肩膀可靠。就这样，瓦片——具有硬度和温度的瓦片，具有中国传统文化元素的瓦片，具有母性色彩的瓦片，立足之地越来越少，渐被逼得淡出人们的视线。

故乡的瓦房，是在的，它仍安静地立在田畴之上，在高低堆叠的苍绿底色中尤显苍老，远看一团灰灰黄黄的迷茫。漂泊在外的我，想在瓦房里坐一会，住一宿，闻闻它久违的气息，摸摸它岁月的刻痕，也不太容易了。况且，总有一天，它也会像时光一样，流逝不返。

江南的雨，终究要来的，没有瓦片的遮蔽，何处去躲开那一身潮湿？那是浓得化不开的乡愁啊！瓦片啊瓦片，且让远方惘惘不安的我，在心底，在梦里，把你一遍遍深情地想望吧。

二十四节气

古人真是猴精，在那远年荒代里，愣是拿出许多不可思议的东西，二十四节气便是其一。

秦汉年间就已确立的二十四节气，真令我们击掌叹绝，不光有简约动听、表意隽永的名字，更重要的是同物候奇妙吻合、与时令准确对应。轻轻念着它们诗一般的名字，眼前宛然铺展梦一般的东方田园风景。从这点上说，创编节气的古人，既是科学家，又是文学家，让人不得不佩服其慧根。

来城多年，节气于我而言，仅是日历上的标注，与气候无关，与生活无关，与心情无关。重新关注节气，也以被动的方式开始。记得当年公务员考试，一道常识题就是选取二十四节气中的四个节气来排序。虽在小学时代就背诵过《节气歌》，朗朗上口，但没上心，只好瞎猜，真是惭愧得近乎不可饶恕，因为自己是地道的农民后代。像我这样四体不勤、五谷不分的人肯定不少，以这样的方式来唤醒对大自然的仰视与感恩，实属必要。这是出题人的初衷吗？我更愿意得到这样的回答。

后来，读到朋友写在台历上的励志言：人生"小满"足矣，当须"'忙'种"辅之。如果说感动和顿悟能在瞬间汹涌而至，那一刻便是。也就在那一刻，在意味深长的节气里，一亩心田种满春风！

我所熟悉的乡亲们，脐带连着土地，红的、黄的、黑的、硬的、松的、燥的、湿的、沃的、贫的。土地是他们的衣食父母，他们用一滴滴汗水说他们真的爱这片土地。而节气，24个，接力式地掌管着土地一年的光景。靠天吃饭的乡亲们没理由不敬仰它们，它们也一直是乡亲们心灵深处真理般的"农业气候历"。春播秋收，为了方便记忆和传颂，有心人将节气编成歌谣和诗歌，这是对节气的价值确认和人们尊崇的心声表达。

在乡下时，曾见过乡亲们在立春那天，用一小绺红纸圈着两颗芥菜头，摆在神案上，净手，点烛，焚香，拜天，嘴巴念念有词，一脸虔诚肃穆。是祈求？是感恩？还是对大自然的敬畏？或许都有吧。不知，上苍有没有收到这份心意，有没有被深深感动？但我好奇的心，总被感动，记得在那个拉开春天序幕的标志性日子，歪歪扭扭地写下诗行，字字句句，来自内心，只是无人赏读，渐被遗忘。

清明节，不仅仅在杜牧那首凄美的诗里，还在乡亲们采摘艾草的篾篮里。江南的清明，永远是春雨滴滴，酥草茵茵。雨丝有多绵密，思念就有多绵密；草色有多翠碧，心情就有多翠碧。男女老少纷纷出动，浅梦一样的艾草，落雨似的纷纷落到竹篮篾筐。乡亲们不肯辜负大自然的馈赠，要将它制成艾饼，供奉另一个世界的亲人，也芬芳着寻常的居家日子。

还有冬至，各家各户早早起来爆谷花、搓汤圆。袅袅炊烟摇醒沉睡的大地，我们雀跃着去冰封的池塘敲玩冰块，把小手冻得通红，而后又挤在某户人家的柴灶前，任灶膛里呼呼蹿出的火苗和铁镬里爆谷花毕毕剥剥的脆响，温暖着无忧的童年岁月。长辈说，你们吃了汤圆，又长一岁了，我们郑重其事地点点头，满心喜悦。当孩子还是孩子的时候，不单单看到糖果和玩具，指不定就这样巴望着：快快长大，去摘天边星。

现在，蛰居这个南方都市，疏忽了节气。原因在我，也在于这个城市。我不稼不穑，故不问节气。而这座城市又没有明显的季节变换，满城满眼的榕树，一年到头的葱茏。这本身没什么不好，但就是让节气在此迷了路，无法及时赴约。

通常，春天以桃花的名义，向人们发出踏青的请柬，一路盛装舞步，但城里不见桃花朵朵开，春天到了，还是在路上？惊蛰，倒是有几声春雷的，但不够生猛凌厉，闷闷徐徐的声音，文静得宛如墨汁滴在了宣纸，慢慢洇染开去，岂有一个"惊"字来承当？小满前后，何见披蓑戴笠的农人，荷锄翻土，安瓜点豆？立秋，迟迟不见秋水伊人亭亭玉立，街上匆匆穿行的青葱少年总是薄衫短裤；巷子里的妪姆一边静赏中秋的圆月，一边轻摇经年的蒲扇，眼光手势里一半是回忆，一半是等待。而霜降，根本无霜可降，瓦楞上只有白露孤单的眼泪和无声的叹息，再多，也也就是飞雁扫落满地黄花旧叶。还有冬至，它的脚步踏过这个城市吗？为什么苍白从未替代过翠绿，为什么小雪大雪的魅影梦中飘忽难寻，小寒大寒的寒意不曾刻骨铭心？

既然，城市的高楼之下，也是一片苍茫大地。我平凡的生活，也离不开地气。那么，我必须努力找寻曾经丢失的与土地紧密相关的节气。碰巧，微风蹦蹦跳跳地跑过一片拆迁的废墟，一株桃树、一株李树，在废墟中努力探出红的小手、白的胳膊，抱了抱顽皮的风。

——春天终究还是来了。

恋恋土楼岁月

我该用怎样的笔触来赞美我的先祖呢？想象他们从中原河洛一路浩荡南迁，披荆斩棘，卧霜眠雪，最后以不屈之姿抵达闽西的崇山峻岭，这山长水迢的漫漫跋涉究竟成就了一种怎样的传奇？

——"客从何处来"吗？当流浪的脚步停下，异乡变成故乡，远客转为地主，但"客家"的称谓始终不改，这是一种流浪身份的谦卑，一腔异域家园的感恩，一份历史根脉的守望。至于在荒山僻岭就地取土，夯墙铺瓦，又书写了怎样的神奇？

——凝固的诗篇吗？或圆或方、或聚或散、或恢宏或精致的土楼以它无穷的魅力和独特的神韵，上了邮票、进了画册、入了书页，飘进了嘹亮的客家山歌，走入了海内外游客的视野，烙在了无数游子的心扉。

如果说，圆形土楼是无始无终的诗篇，纵贯古今，一手拉着过去，一手牵向未来；那么，具有向度的方形土楼，就如一个文化的卷轴，尽情展示文明的走向。

土楼作为人类迁徙的注脚、先祖智慧的结晶，客家文化的符号、建筑史上的奇葩，当仁不让地成为永定最具代表性的标志。在人们的意识形态里，山水永定、魅力土楼，两者浑然一体，成为可以置换的意向。

一座土楼就是一首无声的诗，一个土楼群就是一幅立体的画。高空鸟瞰，在青山绿水花丛中，总有灰黄的老房子蹲伏在那里。青山绵亘，绿水蜿蜒，土楼星散，呈现"小桥流水人家"的意境，俨然一幅清新淡雅的水墨长卷。静下心来久久凝视，一座座土楼星罗棋布，错落有致，或依山而建，或临溪而立，恰似某个棋圣，在绿色的棋盘上，从容有序地落子布局。

"青山云外生，土楼岚中出。"土筑为楼，虽为人工，宛如天开，构成了客家人温暖而诗意的栖居。

在外工作，每每问及籍贯，总会响亮地答声：永定。对方从这简略的二字里，立刻就有一个立体映像——噢，永定，土楼！而心有所往却未曾游历者，总会探长问短，抛出一连串很实际的问题：土楼如何？值得一玩吗？交通是否方便？而此时，我是万分乐意做一名义务宣传员的，在言笑晏晏中说尽土楼之美。

对土楼如此情真意切，是因为整个童年时光都躲在黄墙黑瓦的土楼怀抱。生于斯长于斯的土楼，门楣上方"镇南楼"遒劲有力，"镇日光仁里，南星耀德门"嵌字联分列两侧，立意高远美好。土楼呈府第式，前置禾坪、后设堂楼、左右夹峙横屋，主楼偏房错落有致，大厅门坪各就其位，正门侧道主次分明，格局不见恢宏，倒也不显狭小。泥土高墙，杉木回廊，黑瓦累叠，相互映衬，俨然成趣。斑驳陆离的墙面、壁湿苔青的古井以及喑哑低沉的木门，都在娓娓诉说着200多年来的风吹雨打。

楼里住有二十几户人家，同宗同姓，上溯几代，均为至亲。翻开族谱，列祖列宗，孝子贤孙，从时间的航道逶迤而来，蔚为壮观。其实，任何一个宗族的发展，都是这般历经苦难而又诗意勃发的，如同一棵树的成长，生根发芽，开枝散叶，生生不息，绵延不绝。

同在一个屋檐下，血缘地缘往往纠结重合，关系经来纬往，丝牵藤绕，亲疏有间。费孝通将它比喻为一粒石子投入湖中，荡起的涟漪层层漾开，概括为"差序格局"，生动形象。家挨家、灶邻灶，生活节奏自然化。东家买了彩电，西家卖了猪崽，南家种了桃树，北家炖了鸡汤，都是不宣自明的事，更不用说谁家娶了媳妇，哪户添了男丁这种乡邻眼里的大事了。血脉相通、聚族而居，衍生的是邻助邻、亲帮亲的优良传统；炊烟相望、邻里守望，呈现出的是困苦岁月风雨共担、家族兴衰荣辱与共。当然，时常也因鸡零狗碎的琐事争吵，但总有德高望重的族人出面调停，争吵也就戛然而止了。

　　小时候的日子，清苦粗粝、冷茶淡饭，却因为是土楼的农家岁月，自有一种味永天然的乡情野趣。一楼墙体，格外厚实，随便凿取一个窗户，宽厚的窗台就是凉快的眠床，那一方天地安放过我们童年的梦乡；蓑衣、犁耙、畚箕、米臼等等姓农的家伙在通风的储房里排兵布阵，装饰了四季的风景；走古事、扛菩萨、闹龙灯、开大门等民俗活动，异彩纷呈，陶冶山村土寨的生活情趣；夏夜的甬道里，叔婆伯婶摇着破旧的蒲扇，家长里短谈天说地……

　　记忆的碎片，如此的鳞鳞千瓣，珠光闪烁。原来，镌刻在生命年轮里的岁月终究不能相忘。何况，处处都有回忆的引子……

　　那天，漫步于五一广场，看到福建大剧院，外观设计融入了土楼的建筑风格，让我想起了散落在青山绿水间的土楼，感奋着土楼以凝固的姿态璀璨绽放，凭借华丽的转身，在省会城市活出另一重精彩。

　　那天，观看福建电视台综合频道的天气预报节目，屏幕上闪过土楼熟悉的倩影。浮云太远，心事很近，一晃而过的影像，勾起了太多的牵挂，情不自禁地关切起家乡的阴晴冷暖，关心着老家亲人的安危健恙。

　　那天，两岁的女儿，要我在纸上画一座房子，我顺手画了一座土楼，并告诉她这是老家。若干天后，话还说不利索的女儿竟脱口而出"土楼是老家"——根脉的律动是如此的清晰有力，使我丝毫也不怀疑，薪火相传的岁月，尽管漫漫无涯，但只要土楼安在，那片与血缘融合的土地，便会有吸盘式的力量，一代又一代，就永远不会走散。

端午，端午

一些节日，是有性格的。

端午，就属于这样的节日。热烈，向上，闪着淬火般的光芒，充满雄性的力量。在它 20 多个别名中，我独睐"端阳"，轻轻念着，油彩般的阳光兀自涂满心穹。于是，一颗激荡的心连同山涧初青的粽叶，一起眺望节日的方向。

当时光列车迅疾掠过清明的站点，掠过人间四月天，便安然抵达端午。因着一位先贤独立人格的淬炼，它不再只是盛夏的开端，亦是"上下求索"的启程。

"粽叶飘香，艾枝插堂，出门一望麦儿黄"，这是北方的朗朗景致。江南的风情许是榴花红、柳叶青，是淅淅沥沥黄梅雨，是零零碎碎知了声，是苦艾熏烟、菖蒲悬门，是龙舟竞渡、雄黄酒烈，是许仙和白娘子的故事，是衣襟纽襻上系挂的香囊，是"五月吃粽，棉袄相送"的暑热轻装。

端午的芳香，就是从箬竹叶开始的。它宽大、柔韧、嫩碧、幽香，仿佛专为包粽子而长，人们干脆称之为"粽叶"。离端午还有好些时日，乡亲们就纷纷提着篾篮上山采摘粽叶，这份心急，并非担心迟行无获，漫山遍野的丛丛簇簇，谁能采尽？说穿了，是内心对节日的期待和粽香的惦念。"五月街头人卖叶，卷成片片似芭蕉"，总有村民手勤脚健，将粽叶叠扎成捆拿到墟场去卖，于是，满街尽是新翠盈盈、清香缕缕。

有了成捆的粽叶、成仓的糯米、成垛的柴火，以及成天的闲光、成心的准备，端午前夕的楼前屋后，便飘荡着粽子的软糯甜香。隔壁邻居，从不吝于将自家刚出锅的粽子互赠几个品尝。油亮的粽叶之下每一团软软热热的米粽，都是一颗玲玲珑珑的心。邻家粽子裹着的人情味、尘世香，像颂歌装入记忆，至今念念不忘，那是一抹故乡的气息！

贪恋地吃过许多粽子，却没沾过一滴雄黄酒。因"端午惊变"这出戏，一直揣测那壶不怀好意给人下套的酒到底是39度还是53度？戏码是无情还是无辜？愤愤不平于它竟让白娘子现了形。本是一段情深意笃的妖人之恋，偏偏被一双猜疑的手和一壶浊黄的酒推向悬崖。法海啊，当生活本象藏匿，事物本质潜伏，为何非要拆穿？

龙舟无论怎么划，终是绕不过端午的码头。平阔的清江，一些龙舟早早地下水，按捺住雀跃的心，竖头翘尾地泊满江面，新新旧旧的木桨立在舟上，棱角分明，铁了心地要以岁月的节奏拍打出信仰的宣言。一声锣响，浪花里彩旗猎猎，百舸争流，箭一般地驶出整个民族的气节。两岸挤满了观战的人群，密密如蚁，朝着龙舟行进的前方纵情地奔跑呐喊——那是民族文化在大地上，沿着江河的方向，蜿蜒流淌。

乘着余兴，孩童争先恐后跳进江河，游泳、打水仗、潜水摸石子、放网逮鱼虾，得了豁免权似的放纵无拘，不用担心家长平日的担心。记得老家门前就是一条河，拐着数道弯打了一个折，可是，童年的岁月不拐弯，童真的快乐不打折。置身其中，时间裹着整个世界从身边流过，让你确信：端午节是成长进程中的另一个儿童节，从快乐的此岸驶向彼岸。

时光如水流过，龙舟去了复还。不知从哪年起，每到端午凫游江中，激起一江的涟漪与清脆的水响，情绪就缓缓沉浸在一首诗里，无法突围。那一刻，感觉自己就是一尾来自汨罗江的鱼，伴着千年的涛声与沉吟，奉陪抱石投江的屈原一年一度的魂归。

古道凉亭

家乡，山岭重重，山路弯弯。迤逦的山路爬遍了山梁，凉亭疏疏朗朗排布在沿线，古旧、淡定，点缀着绿水青山。

这些乡野中的凉亭，灰扑扑的，很不起眼，大多只是三面土墙，一檐黑瓦，几方石凳，不经雕饰，简陋中见荒凉，圮败里显沧桑。然而，细细打量，又可读出历史风烟和人间冷暖。某个乡贤题书的亭名和楹联虽已褪色，风雅犹存；夜行人点燃的篝火熏黑了墙壁，也温暖着艰途寒梦；被汗水磨亮的石板凳，载录着疲倦之躯的体温；墙壁上的涂鸦，杂驳率真；一些凉亭还时常有附近好心人送来一大桶凉茶，茶水里沉浮着茶叶或不知名的草根药梗，清气袅袅……

凉亭作为山路的驿站，汇集着来来往往的脚步。打柴的樵夫走过，颤悠悠的扁担，和着他粗重的喘息，有节奏地吱吱叫着；放牛娃走过，他骑在牛背，借着叶笛吹奏自己的心事，晚归的风将他内心的秘密传得很远很远；挽着篾篮、穿着斜襟衫、裹着三角头帕的老阿婆走过，她匆匆的步履赴圩而去，期望积攒多日的鸡蛋能卖个好价，多换点油盐酱醋；戴着斗笠的村妇荷锄走过，吼几嗓深情的客家山歌，打动深谷幽壑，让它们有着遥遥的回应；到山外求学的翩翩少年走过，脚步沉实，他的书包里有一搪瓷口杯的菜干和沉甸甸的梦想；游子那双踏遍风尘的脚步走过，带着满满的行囊和近乡的情怯……

零零落落的人，就这样来了，路过了，停留了，走了。因这脚步，凉亭不富饶，却富有，引得我常常想象，弯弯曲曲无始无终的羊肠山道就是一根根绳子，散卧于道旁的凉亭则是一个个绳结。这绳结记录着人文的线索，可以追溯道德的萌动，乃至客家文化的胎记。长期迁徙、一路漂泊的客家人，对旅途有着最深刻的体会。山长水远的艰辛跋涉，他们感恩于一棵大树的浓荫遮阳、一块石头的承坐歇息、一抔泉水的甜润解渴、一座茅屋的栖居庇护。于是，当他们安居乐业时，便想着在渺无人烟的崎岖山道旁营建凉亭，让翻山越岭的赶路人有了依靠，能够遮风、挡雨、歇脚、纳凉、打盹、度夜……

由此，小小的凉亭便渲染着浓郁的人文气息，供心灵歇息。即便离家多年，故乡凉亭的月光老了，可它沧桑的身影依然盘踞在我忆念的高处。当我用客家方言叫出、风雨亭、赎罪亭、种福亭、思亲亭、集贤亭、等坑亭……一个个鲜活的带有温度的名字时，一股湿意早已漫过眼眶。

如今，大路朝天，山道闲静，但"等坑亭"们依然用它绵长的岁月和深沉的爱，在等待和接纳路人。如果，哪一天，你在某条山道遇见古旧的凉亭，千万不要辜负这份来自人间的眷顾。你会发现，重新上路的你，身轻如燕、健步如飞，每一步都踏在春天里，温暖有力，毫不迟疑。

菜干遐思

每次想到菜干,眼底总是一寸一寸印染出这样的画面:

贴着白色的墙面,一头是院里的矮树杈,一头是楔入地底的尖耸的带着横杈的竹竿,两杈之间搭着一根瘦长的竹竿。芥菜一溜儿倒挂在竹竿上,像是一群青头绿衫的孩子,听着号令,一字排开,在单杠上操练。

老旧的院子,高远的蓝天,金色的阳光,白色的墙面,黄褐的竹竿,鲜绿的芥菜;有风贴着黑瓦屋顶滑来;竹架下,偶尔蹲伏一只杂色花斑的猫或狗……安静的构图里,颜色热烈饱满。

这样的画面,除了表面颜色溅跳光影变幻,内部也有着惊心动魄的变局。芥菜站在原地不动,恭默守静,然而,对世界具有足够的洞察,它们用"静"来看待世界的"动",用自己的"干爽"顺应太阳的"燥烈"。芥菜一点点缩小自己,成为大地上遗忘的一茎枯草,甚至是枯草尖上的一丝微颤。它终于脱去了多余的水分,足够资格将残存的美味和干瘦的价值,折叠保存在岁月的褶皱处——这是一棵准备成为菜干的芥菜,所期待的最后结局。

远望,叠衬着白墙,竹架上垂挂的芥菜,干黑如墨迹,像是宣纸上笔画开张、气度凛毅的书法作品,又像是墙面雨水浸渍后留下的各形各色的漏痕。

这是制作菜干的一道工序——晾晒。永定菜干有"三蒸三晒"的说法。当我颇费笔墨，铺展这样沉声静气的画面，在另一些人眼里，可能是一种矫情。他们对菜干有着刻骨的爱恨。他们回忆的底片一步步踩进显影液，显出的画面可能是另一番情状：

每天，往八仙桌上一坐，搁在桌上盛在碗里的，都是乌黑的一团，哪有"神仙"的感觉。菜干，菜干，菜干，单调而又乏味。怨言涌上喉咙，说不出，只好搅拌着菜干一齐咽下。在菜干朝朝暮暮餐餐顿顿的包围中，一里又一里路，攻苦食淡地扔在了身后。

其实，这种感觉我也略约体味过。儿时，青黄不接的一日三餐就是这么过来的。粗绳索似的菜干，硬生生结扎了我的食欲。对此，我的姐姐、我的邻家兄弟更是感受殊深，他们中学时代的住校生活一整个就是"菜干生活"，从周一带一搪瓷口杯的菜干要挨到周末回家，五六天的日子一律菜干当家。家里稍微宽裕的，会在菜里焐几块肥肉，油汪汪得惹人羡慕。沐浴在温饱初济的晖光里的他们尚且如此，遑论我的长辈和先祖了。

但是，如果不是菜干，还能有其他什么可以这般忠实地配缀着米饭？如果不是这些不起眼的根枝茎叶，还有谁能填充我们的辘辘饥肠？从这点上说，倒应该感谢菜干，在无数个饥馑岁月，它挺身而出，大施援手，或清蒸、或干炒、或泡汤，颇像一位壮士豪侠，危难时刻赶来救场，使出浑身解数，撑起穷苦农家和莘莘学子的山河岁月。

上山下乡的年代，菜干成了驻闽西知青的盘中餐。干瘪皱缩的枯树枝般的菜干，与饱满多汁的花儿似的青春，既相依相伴，又鲜明对照；既是冤家仇敌，又是贫贱夫妻。知青们品尝过菜干的千滋百味，菜干也见证过知青们的喜怒哀乐。若干年后，菜干成了这群人"忆苦思甜"的载体之一，他们笔酣墨饱地写下"干菜岁月"的碎思琐念，为饥饿的记忆疗伤解毒。

理悟、参透，或者说某种程度上的通达，终究是人生漫长旅途的走向。菜干，对一手拿锄头一手捧书本的他们，有如读书，吃得进去，也吃得出来。他们知道，菜干是干枯的、暗哑的，在那个阴沉的仿佛看不到未来的迷茫世界，其实是温润的，泛着光泽的，像驻地老乡默默而又慷慨的关照。他们花发枝满的年月，本应像地里的芥菜，出落得一派青绿和无忧，自由和挺拔；却偏偏又在瘠瘦的岁月中沦为菜干，面孔枯暗，梦想缩水。当然，他们明白，不是因为梦想太瘦小，是大地太辽阔，岁月过于寒凉，是时代把潜在的热望绞干，那是必经的命运考验。他们这样想着的时候，经年悲喜，已风烟俱寂。

对于那些漂洋过海的客家华侨，行囊里也未必少得了菜干。他们在远方的远方，在世界的另一边，就着异乡的明月，嚼着泛起盐花的菜干。唇齿咬合中，饮尽乡愁，内心洒满梦的星光以及渐渐热起来的语言——既然，家人懂得在菜里放盐；越洲跨海在外打拼的他们，也懂得在事业里放梦想，在肩膀上放责任。

——当我像拾掇菜干碎屑一样，捡拾起这些附在菜干之上的贫苦的挣扎、漂泊的艰辛、隔海的相思、青春的错愕……我突然想知道，为什么不用动刀动枪，菜干就已成为客家人千百年来可以共分同享的美食。我想回过头来，好好端视菜干原本的形状、色泽、质地、筋脉、叶纹。

早先"客而家焉"的客家人一路迁徙，腌制易携带贮存的菜干，就成了漂泊路上的一种口腹之需，并积年成习。这是菜干的身世起底。

芥菜生性随和，楼前屋后随便辟块地，撒上芥菜种子，几番浇水施肥，不出个把月，就能冒出一片深绿浅绿来。遍地丰产的芥菜，一时半会吃不尽，又舍不得烂在田里，于是想方设法制成菜干，让芥菜以另一种方式活在人们的居家日子。往往一冬制作，可备四季之需。这是菜干的条件禀赋。

腌制菜干是手艺活，菜干难免携带原材料的品相和质地、制作者的性情与技能、制作时的季节与气候等信息，因而构成味道口感上的差异。这是菜干的面目情味。

农村的腌菜缸比米缸多，即便当下物阜民丰，乡下人还是不肯丢弃腌菜传统。一个人腌菜的本事，足以显示其过日子的能耐。这是菜干的表征隐喻。

……

每一样东西的存在都有千百种理由，都是一个传奇。菜干如是——它已成为身世与起源、形态与特性、隐喻与象征的综合体，它真正是土地的乡邻，是客家人精神上的血亲。菜干散发出来的幽幽气味，像雨后的云朵一样弥漫，它们聚集、分离、嵌入、重叠，一直流动在我们头顶的天空。

近年，客家餐馆在城里纷纷安营扎寨。此番好局，作为"闽西八大干"之一的菜干功不可没，因为食客光临"客家餐馆"，大抵是冲着"梅菜扣肉"这道招牌菜去的。曾有外地的朋友绘声绘色地跟我描述吃梅菜扣肉的享受：咬在口中的五花肉酥烂无比，肥而不腻，平时难以下箸的猪皮突然变得诱人；吸足了油的菜干乌黑油亮，冒着丝丝香热之气，不断煽动食欲……直听得我也垂涎欲滴。当梅菜扣肉摆在闻香趋步的朋友面前，远远没有朋友的话多，但沉默也是一种交谈，总会传递出更多信息和诱惑。

"饮食男女，人之大欲存焉。"原本好似《红楼梦》中无名丫头的梅菜扣肉，终究变成了林妹妹，登上了大雅之堂，以别具一格的风味瓦解着城里人对山珍海味的嗜好。

时代变迁，菜干作为客家文化的一个符号，就这样在仪静体闲中，注解着岁月深处的秘密。纵观菜干的烟火岁月，粗略可分前半生黑夜，下半场白天。这黑夜与白天、困苦岁月与喜乐年华间，不变的是菜干那副模样、那股味道，变的只是这个匆匆前行的时代。

桌间碗落，风下香来，一直弥散到舌尖。于我而言，即便阅尽天下美食，质朴的菜干依然是我心底最深的眷恋，徘徊不去……

在乡间遗失一缸米酒

客家人是如何遇到米酒？又是怎样遗失的？

《说文解字》："酒，就也，所以就人性之善恶……"就，迁就，满足。靶向是情感、精神。

一个人外出，终究要还乡的，那怅惘之际，烈性仗义的酒，也许是最好的知己。客家人，山一程水一程地走，离开家乡多久、多远？起点处那丛茅屋还在吗？或许，隔着迷离的醉眼，才望得见秋风中那瑟瑟的乡愁。

饭甑。陶缸。搅棍。想不到这些来自木头或泥土制成的物件，构成了酿酒的全部器具。透过这些谈不上美感、也不见神秘的简易工具，很难相信就是它们彼此联手配合，决定着一个故事的变化和走向。连带着的还有酒曲。酒曲多像一位魔术师，在它掩而不揭的手法之下，时光像水一样进入米粒的身体，让一粒又一粒洁白的米，膨胀、异变，让故事生长发酵和弥漫，最后拥有自己的世界。事以密成的道理熠然其中。

冒着气泡的酒缸，热闹、蓬勃，没有任何情节是多余的。在那酒缸背后，我隐约感觉到酒杯间碰撞的声音，饮酒的人那坚硬躯壳包裹之下悲悲喜喜的情感，感觉到人们在长喝豪饮之后，倾向某个角落倾诉，或倾吐。

瓦屋鳞然，星星擦亮夜晚，浮出弦月一枚，淡黄得像新酿的酒，洒下的光线带点潮气，像刚落地的黄叶来不及干透。那酒香，飘；入鼻，人晕晕乎乎，也飘。那酒香，应是院中两棵桂花树的幽香，秋声中，不管不顾欢天喜地的漫染。那酒色，是母亲的乳汁滑入几滴蜂蜜的稠黄，那色泽与质感，缓缓释放蚂蚁容易找到的信息——甜。那沥干最后一滴酒的酒糟，俨然老人离世前的不放心，非要再做点什么。那好吧，满足它的愿望，让一缸酒糟掩埋泡渍生姜、大蒜、鱼干，或者干脆挖出一盆干瘪的酒糟，撒上少许白砂糖在锅里翻炒。这几样菜，你是不是熟悉有加？在青黄不接的菜荒时节，是否诱惑过你的味蕾？

酒倾在碗里，杯里。旧时的瓷碗瓷杯上，通常有青墨浅淡地涂抹，开着花。端持啜饮的人也希望从单调枯燥的岁月边缘舒展一下身体，体验到日子的芬芳如花。

透过人生的链条，看看酒是如何介入客家人的生活，是如何芬芳着俗世的烟火气息的。新生儿甫一诞生，产妇的卧房就混合弥漫着酒香奶香——作为功臣，产妇们理直气壮地享用酒炖鸡、酒煮蛋这些"坐月子"滋补品。小孩求学成长的岁月，注重耕读传家的客家人，是万万不让小孩碰酒的，因为怕伤着脑袋。在肉里、汤里放些酒娘作佐料，虽是客家人的烹调习惯，然而只要饭桌上有小孩插箸参与，便保持必要的谨慎和敬惜。所谓耕读传家，"读"是"耕"的最佳旨归，无人轻慢。再往后，成年了，推杯换盏把酒共欢成了人际交往的必需，与别人交上朋友之前，自然先与米酒交上朋友。当然，还有诗人用那管雄笔早已替我们郑重描画过的场景：逢年过节时的"宽心遣兴莫过酒"，三五朋友相聚时的"能饮一杯无"。我敢断言，只要是客家人，或多或少都经历过这些场景里的杯来盏往，都铭刻过"日影斜照社鼓远，家家扶得醉人归"的邈远记忆。

客家人好客，历来把人当人看，把酒当酒喝。有人来，必挽留、摆酒。这种待人接物的诚恳，有如米酒一样美好。自酿的米酒整年不断壶，随手可取。酒是情感的酵母。只要有酒，哪怕桌上只有一碟花生、两盘青菜，也有滋有味；只要有酒，哪怕天寒地远：对饮成双，也有声有色。伴着一声高过一声的划拳行令，米酒，一碗满过一碗地穿肠过肚。所谓的陶醉，无非是酒不醉人人自醉。既然米可变成酒，那么酒入肠，也可热血，最终变成温热的话语，说啊说啊……

在家乡，各门各户都有这样一个妇女，擅长酿酒。挑一个略有空闲的日子，把米粒蒸煮成饭，再把饭酝酿成酒，把酒化成气力，灌注给男人，男人再将气力灌输给土地，土地吐出种子，种子再育成米粒，米粒又交给妇女蒸煮酿制……清水白米，默然活命；百年千年，循环往复。

如果没有这样勤快的妇女，没有妇女酿造的米酒，当年莽莽群山深处的客家世界会是怎样的贫困无力？湿气重，农活多，何以解乏？拖着泥腿从田里回来，放下锄头畚箕，空腹先来一碗米酒，胜过参汤补药。"嫩寒锁梦因春冷，芳气袭人是酒香"是诗人的吟咏，是寒窗冷炭中的期盼，是孤星入梦的失落。而一生在泥土中摔打的乡亲没有闲情来矫情，他们不可能邀明月入酒、掬星光入怀；没空来琢磨这些高雅的诗句，他们关注的是手上的碗和身上的命。摊在他们面前的现实是：睁开眼的每个日子都有干不完的活，扛住这些活，才能找到活法、抱住活路。他们要的只是驱累祛湿，通体舒泰。他们不能倒，更病不起。肩负重轭而无其他突围办法，牵引出的只能是日不断饮，酒的基因就此融入客家人的血液，因此，老幼妇孺爱喝、能喝、善喝。至于能喝善饮的程度，从客家方言说"吃酒"二字略见一斑。记得梁山好汉，他们也说"哥哥，吃酒"，真是豪放痛快至极。这正是客家人的性情写照，从中亦可窥测客家人的酒量。

今年中秋回去，家家户户已不再酿酒，摆在桌上的是红酒、白酒、啤酒，甚至洋酒。红的太酸、白的太烈、黄的太淡、洋的太怪，总之，找不到米酒的甘洌醇香。酒和乡村在走着一条逆向的路。五花八门的流水线上的酒刚刚从城市逃离的路，却是村庄即将抵达的地方。当年，那些会过日子的人家在春雷惊醒土地的那一刻，曾是怎样细细盘算着该种多少粳禾、糯禾——那些饥年，粳米关系着一日三餐，糯米则决定着缸中美酒的深浅。他们即便挣扎在贫困的岁月缝隙，也要酝酿出美好的生活。现在，大家有闲光、有闲钱，就这么把曾经同甘共苦的米酒从这个时代狠狠地抛下。那掐指细算的谋划，那滤酒入瓮的举止，悄然间已是荒凉的手势。

大地黄好，人间沉香。稻谷能够凝露为酒，从金黄的含着阳光芬芳的谷物，到金黄的带着柴灶暖意的酒水，大抵是最好的命运和隐喻了，过程和结局书写着大地的体贴和人间的温热。可是，红绿的人生，多味的生活，顾不上门前稻穗黄，忽视了屋旁清泉响。那些个饭甑、陶缸、搅棍、一副残破的面相，布满裂缝，想必记忆也被风干了吧！它们一定是忘记了在炉膛火焰吻舔下的白汽盘旋，忘记了在屋角的稻草围席紧抱中的香气缭绕，只好枯坐在房顶，独自乘风凉。

——为米酒难过，尔后感慨。米酒，曾经活在乡亲们生命必须依偎的桌旁。除了米酒，哪一种液体能够沿着人类的躯体，一寸寸渗进血肉，直抵骨髓？然而，在当下的乡间，却遗失了一缸米酒，这多么耐人寻味。

附 录

简心作笔

张胜友

浏览散文集《简笔》，令我怦然心动，著者系我的永定客家小老乡简福海。

"乡下的老宅，屋顶上铺着的是瓦片，鳞鳞千瓣，层叠交错。远望，宛如黑呢子大帽，扣在一位惊风怕雨的高个子头上，帽檐还压得低低的……"（《瓦片之下》）作者描摹客家老屋的一段拙朴而温婉的文字，仿佛传递出一股暖流，顿时让我这个长年漂泊在外的游子，周遭弥漫起浓浓的乡情。

好的文字能触摸到生命的质感。作者在《遍地风流》中对白马河如是写道："白马河是条生态河，因此，河水洁澈得有理有据。偶有撑篙人，顺着水流一路而下，打捞着漂浮的垃圾。流声，水色，移游速度，载舟能力，暗喻着它的深度。有深度的东西总是美好的，比如人。因此，我常常自惭形秽。为什么水流知道自己的去向，还这般不疾不徐？"这种纯真、细腻的文字，宛如浓雾一样渗入读者的心田。同是水，先哲悟到"逝者如斯，不舍昼夜"；诗人想象夕阳中"新娘"的倒影、天上的虹、一船星辉的梦；而作者则通过哲人般的智慧、独特的艺术感知和典雅的笔致，从白马河里，看到水"不疾不徐"的深度性情。这大抵是作者在细润处品到的生活意趣吧！

语言文字被称作一切艺术样式的筋脉。散文对语言文字的要求尤甚。江南是多水的，简福海的文字也氤氲一种"水"的灵气。无论是看待历史烟云，还是聚焦现实世态，他的眼睛都十分独特敏锐；无论是摹写乡野大地，还是扫描城市映象，他的文字都非常饱满生动。流水行云般的行文里，随处可见美词佳句，以绵密瑰丽的语言完成诗意丰盈的表达，犹如一幅水墨画，那丰富的色泽层次和精神意旨，酣畅淋漓地呈现，读来令人满口余香，回味不绝。

翻开《简笔》散文集，小处落墨，细节精致，节奏悠缓，意象密实。简福海的笔下既没有痛彻心扉的生离死别，也没有动人心魄的宏大叙事，然而，举凡所撰之事、所感之物、所抒之情，看似生活中的边角琐碎，却从头至尾贯穿一根情感的灯芯，火苗闪跳，照亮心灵的某个角落。心境悲悯的作者，似乎善于从细小的事物中窥见大奥秘，其笔下一朵流云、一片落叶、一阵风、一粒尘，都被赋予生命的色彩，带着血肉相契般的理解和亲近。而门、芫荽、鞋、泥土、米酒、祠堂等具象，更是在诚恳哀切的表达中，被赋予了存在意义和精神因素。《门》中就有这样精妙的描写："看着这门，不由得感叹中文造词之妙。'门面'，多么形象生动的词。门就是面，面就是门。时光在人的脸面上留下什么印痕，也同样会在木门上刻下相似的印迹。"在直觉和感悟背后，充满了生活的激情与生命的诗性。阅读之余，令人动容，因为从中可以触摸到小生命对大时代的探索经历，可以看清本体世界那本真的面孔，一如丝丝日光下的安宁静好，清香氤影里的诗情画意。

感悟生活，作者似乎不拘泥于"客观真实"而融入许多"虚构想象"。由于钟情于童年经验和历史事件的书写，《简笔》中的想象是踮足立在回忆的肩膀上的，其体验和感悟往往从一些"昔日的材料"发掘而来，加以生发和点染，凝聚了某种超越材料本身的意义。如《抵达或终结》《母爱是一条回家的路》等，皆以回忆性的想象带动感性的文字，细切绵密的文本脉络入情入境，舒缓淡婉的笔触气息撩人心旌；而《色彩坊巷》《壳丘头：万里千年共一丘》等描绘历史的作品，则在宏阔而冷峻的视阈下，神思幽远，含蕴丰赡，充满开掘历史废墟的无穷想象。

在《走进牛牯扑》中，作者的笔锋力透纸背："正是人民群众的众手拱卫，纵使岁月脆弱，脆弱到一个挥手定乾坤的伟人在历史生死关头无奈卸甲时，脆弱到卸甲的伟人只能攀伏在一个孱弱的肩背上突围避险时，历史依旧顽强，顽强到一个俯曲的肩背，可以背负一代伟人；一双倒穿的草鞋，足以承载一段荣光……"面对滔滔而去的历史洪流，在拼接还原和奇崛想象中，融入了作者精微细腻的艺术感受，仿佛在酿酒过程中添加了酵母，得以酝酿出丰繁奇特的意味，生发出充满智性的议论，实现具象与抽象结合、虚幻与实存并重、情感和智识共济。

《简笔》刻意编成几个"影"——袒露出作者是在用温润的心绪、细润的笔触，在时间的幕布上，投映下岁月的影像；在流光的竹简上，镌刻下心灵的印迹。因此，字里行间，我们所领略到的不仅仅是一章优美的文字，或一份简淡的情愫，而是一缕缕延绵不绝的柔歌婉曲，以及对于三尺流年的无限眷顾与爱恋。

一个作家手中的笔，总是要执拗地与灵魂出没的故乡，于某个深谷相遇。简福海生于闽西永定客家故里，从小浸淫于客家民情风俗，《简笔》中诸多篇什将客家文化元素切入日常生活景致，在细微之处猛然聚焦发力，韵味深悠、思力周全，给读者奉上一幅幅具有浓郁地域文化色彩的图像，堪称客家文学写作的新开掘，可喜可贺。

"简笔"也者——简心为文，文笔俊秀也！

是为序。

乙未春日记于北京

（本文为本书原版《简笔》序一。作者张胜友，著名作家，原中国作协书记处书记）

简笔不简

黄文山

《简笔》是简福海的散文结集。对于一位供职于机关单位的业余作家来说，这么年轻，已经有第二部作品问世，着实令人羡慕。

翻阅书稿，是进入"而立之年"，并行将"不惑"的一代人生命形态的彩色描绘和心灵历程的忠实记录。于我，既是陌生的，又是熟悉的。陌生，是因为这一代人与我辈经历迥然不同，教育背景殊异。这是一条抹不平的代沟。我踏不进他们的世界：他们的追求，他们的欢乐，他们的悲伤，他们的牵挂……熟悉，则是因为我儿子与他们年龄相仿，在书稿里，我甚至看到了儿子忙碌的身影，听到了儿子的笑声和叹息。

我知道这一代人的生活、工作压力，他们需要学习日新月异的新知识，需要竞聘、评职称、买房子、考驾照，仅仅用"紧张"或"紧迫"这两个字眼还无法概括他们的生存状态。他们似乎已很少选择纸质阅读，更遑论在纸上写作。他们更多的是倚仗便捷的互联网和手机，通过电子触屏认知世界、品读人生、传递信息、表达情感乃至寻医问药、购买商品……

但简福海不同，他醉心文字，享受纸上烟云的快乐。尽管和同龄一族一样，每天像轮轴般飞转，他却能找到属于自己的时间缝隙，将在键盘上游走的思绪，针线绵密地编织在一页页白纸上。于是又有了

《简笔》,又有了这十几万字的心路记录。

我最欣赏简福海的是,在时间和空间的双重挤压下,他依然保持着内心的温润和情感的细腻。一群鸟、一朵月光、一道围墙抑或来自故乡的一篮鸡蛋……都能引起他的关注,令他浮想翩跹,并铺排成这样让人心尖温暖的文字:"一枚枚鸡蛋埋在谷壳里,跨过万水千山,鲜亮,完好,正如深埋地窖的时光,包裹着坚硬的外壳,不动声色,不惧不忧。女儿就这样承享着这些布满谷物清香和阳光温情的鸡蛋。女儿,与别的城里的孩子一样,与故乡失散了,与先前的亲人断线了。不过,幸运的是,她有陌生的东西来对照自己,与乡村的故事达成无声的触摸。"(《遍地风流》)由此可见故乡在简福海心中的分量。故乡,那是一条生命的,也是一条散文河流的源头。对故乡的深切回忆,对故乡的醇醪之情,集结成了"乡村背影",其中不乏精彩的篇什。比如《门》。一扇老家的门,洋洋洒洒写了近万字。关于门的描写、门的解读、门的记忆、门的联想,不乏诗意和哲理:"门是通道,是连接,是分界,是隔断,是礼俗,是文化。敞开门的时候,无分内外,两个世界融为一体……推上门的瞬间,时光连为一体,但空间却被泾渭分明地隔开,世界就此切割成两半:门里与门外。"

书名《简笔》,颇有意味。简者之笔,并由此生文发义。其实,对艺术而言,简而不简,是一种能力和境界;删繁就简,亦应成为一种品质和追求。这本散文集,让我们看到了一个才情横溢而又勤敏努力的简福海,他挥洒文字,文采斐然,传统散文的品质和魅力在他的笔下延展。作为一个从事散文创作多年的同道,我对他有更多的期待。

2015 年 3 月 23 日

(本文为《简笔》序二。作者黄文山,中国作家协会会员,福建省作家协会副主席)

多写一个情字

吴钧尧

简福海的《简笔》，很多细节。2015年春夏之际，应中国作协梁飞主任、福建省文学院吕纯晖院长邀请，参加"两岸中青年散文家交流会暨散文创作高研班"，主讲《一本春秋：散文台湾》，并主持两岸作家散文交流，简福海的《遍地风流》甚得我心。不出意外的是，当开放该作讨论时，两岸作家没有什么分歧和意见，我于会后询问他人："哎呀，就散了点吧，不过散文就是形散神不散的"、"嗯，嗯。没有精读，所以不能随便略解"。

我想起，在三月底带着稿件，在北京望京SOHO附近一家旅馆，就着漠漠天光，看这一篇诗意大量流动的佳作。我后来回想交流座谈，故事具体、情节丰富、言谈略浅者，多能征索读者内心流动，而感动、而共鸣。

《遍地风流》是跨出散文领域的，它的语言朝向新诗、结构靠紧小说，整体上，而为城市寓言。简福海构造文章时，让它偏向一种难，让它更偏向内在的流动，他所观照的福州景物、家庭、街景、小区时，都走在多层次转译的高度上。散文的"出位"，台湾于20世纪90年代曾经风靡，最早出自无心栽柳，等到人人都来栽柳，便刻意、沉重了，也八股了，风潮很快退远。

我以为，散文的"出位"不在刻意而意，而在随性而性时，更能凸显作家的个性。《遍地风流》破题就很生动,"黄昏里的乌山,宛如铺在尘世里的一截梦"。时间在黄昏,用的是"一截",而不是惯用的"一个",来形容"梦"。首段写儿童的游戏,说他们"杂乱又充满生机",然后从天真的玩耍,想到未来竞争的残酷。父女携手回家,见白马路上,树林子后飞鸟腾起,"不知是暮色刮来了这群鸟,还是这群鸟扇起了暮色"。再提到车水马龙街景,"街上穿梭着晚归抑或夜出的陌路人,远远的是不知去向的车流,仓促,却规整"。这时候,一名父亲"手上紧紧牵住一个蹦蹦跳跳的孩子。回家去"。

两千字不到的小品,包容了人生兴叹、生命真相、街巷景观以及父亲的慈爱。简福海从容展现对生活细节的参与、投入跟关怀,状似随意,而实有意。"仓促,却规整",便响应了时间的移动、人生历程与考验,匆匆来、匆匆去,仿佛不值得握惜,但是人呐,能掌握、能珍惜的,常常就在一瞬、一握。

简福海有意地构造文字的胃纳,装填更多讯息。这一切,我以为都来自一个"情"字。

《简笔》除了生活细节、情节的涉入,还一个大部分是对历史的导览、抒情,以及再诠释。"三坊七巷"是福州瑰宝,不单是古意盎趣的建筑聚落、不只是观光带来的诱人钱潮,而在于必须安静、慎静,才能思古、说古的名人说解。历史名人齐聚福州,福州名人曾经改变了世界,有时候,改变的痕迹非常淡微,但一经简福海述说,才知淡微不是不说,而是说得沉默。简福海调用古今历史,以及秘密典故,他也默默说,因为时间的流逝本就在一分一秒,本就是一个沉默,接着另一个沉默。说,以及抒情地说跟多情地说,便不聒噪,而显得遍地风流,但也遍地流风了。

《简笔》一书,很大特色是图片与新诗短句的大量使用,画作与诗句都非常写意,相得益彰。扉页前的图配诗,那个一清二楚的"黑白世界",是著者敞示的世界观;紧接着便顶天立地置放大门扇,寓意透过门洞去导览这本书的故事情节；书末是一张虚席以待的沙发，犒劳翻到最后的读者，以陷于无思的恬梦稀释疲惫。这样的细节排布，犹如篆刻的分朱布白；这里的逻辑隐喻，都走向一个方向、一份抒情：哲思漫漫，温情种种。"简"笔，并没有减下来，而在书页与灵魂的上边，多写了个"情"字。

（本文为《简笔》评论。作者吴钧尧，台湾著名作家，《幼狮文艺》主编）

简兄的加法

曾念长

我认识的这位散文作家,姓简,名福海。他将最新出版的散文集命名为"简笔",实则一语双关,一来告示这是简氏笔法,二来表明他在美学上的从简之志。我从他的文字中得知,他给女儿取名"简单",大意也是要表达以简为美的意思。

当"简"是一个动词的时候,它可通"减",并向我们传达了一种消极的美学观。但我读简兄的文字,知他在做着文学的加法运动,实则是在向读者传达一种积极的美学观。在减与加之间,在消极与积极之间,是矛盾,是张力,也是每一位作家都要面对的路径选择。故而,我想就这个问题谈谈简兄的散文。

简兄写散文,常有"言外之意",也就是在文辞之外还有丰富的社会文化内涵。这不免让我想起,在当代文学史上,有一种"到语言为止"的流行说法。这个"语言"力图消减自身的外部意义,使文学成为一种无须背负社会文化包袱的纯快乐表达。但简兄的散文显然不属于这一类型的写作。它不仅有包袱,而且本身就是一个装满了意义的行囊。我想说的是,简兄写的是散文,但在他笔下,散文不仅仅是散文,而是负载着超出文学本身的意义追求。

由此理解,简兄注定是一位为寻找意义而旅行的"背包客"。他穿行于闽都的历史街区、客家的宗祠古厝和故乡的风土人情,但凡有意义碎片的发现，他都要弯腰拾掇，将其放进自己的行囊。脚加一程，行囊的重量便添一分。这种旅行固然有快乐的成分，但所有快乐其实是来源于对精神重量的担当。与其说简兄热爱意义的旅行，不如说他热爱精神的重量。换句话说，简兄对散文倾注了无限热情，缘于他通过散文收获了对历史的求知、对文化的满足和对人生的承诺。

我想这便是简兄的加法。他写散文并非为了释放和排遣，而是坚信散文可以承担起历史意义、文化信仰和社会道义的传递功能。这也正是中国传统文章学里的大统。

在某种意义上，散文是一种适合做加法运动的文体。因为"形散"，又因为"神不散"，它在内容上可以随心所欲，在精神容量上也可以要求多一点再多一点。相比之下，诗歌就没有这种幸运。它是语言的加速运动，语言之外的重负必须最大限度地删减。也正因为此，诗歌留给读者一个多义的阐释空间。写诗的人，必然要有面对"捡了芝麻丢了西瓜"的勇气；而写散文的人，可以慢悠悠地走，把芝麻和西瓜一并兜回来。简兄的抱负远不只是玩玩纯粹的语言游戏，因此他选择散文写作，无疑是明智的。

但是任何一种写作，终究是逃不过语言这个层面的抉择。一个作家选择什么样的语言来面对读者，其实是他的写作内容的一部分，也是他的精神立场的体现。简兄的文字绝对不是清汤寡水的那种。在语言这个问题上，他选择的是一种浓烈的修辞策略。这其实也是一种加法。

他偏爱那种具有历史沉积感的词汇，油润，饱满，且负载了精神的重量。无论是写乡村还是写城市，无论是写现实还是写历史，简兄一直在调动经验里的词汇，以连续修辞的方式出场，试图让每一个细节都在他笔下变得丰满，有滋有味。所谓妙笔生花，应该就是形容简兄的这种写作范儿吧！我倒是很容易将简兄的用词风格与客家菜的风格联系起来。在我的印象中，与闽南菜的清淡相比，客家菜的味道更浓厚一些。但这只是一种个人的味觉记忆，实在当不得真。我只不过是想以此说明，简兄是一位善于调配修辞性词汇的散文作家，就像一位厨师善于加佐料一样。

用词的风格往往也注定了文本最终的体态特征。散文其实是有身体的，是一种有形状的精神生命。既有身体，就有体态之万千。简兄在当前阶段的散文无疑是丰盈而富足的，且一步三摇，一唱三叹。这样的散文身姿，风情是遮不住了，雅致也挡不住了，必定会惹得那些体态干枯的散文羡煞不已。

在散文里玩加法，简兄应该是得心应手了。他不是在告诉你一加一等于二，那是数学的事儿。在文学领域，简兄要解答的问题是一加一为什么不等于二。这个问题很有趣，也很难。简兄一直在做这个加法实验，值得同行致敬。

但是，玩加法是有风险的，正如一个人一直发胖未必是好事一样。当加法有损写作质量的时候，作家需要懂得适可而止，有时还要做减法。对于更高层次的写作来说，减法甚至是必要的。西绪弗斯将巨石推向山顶，证明了意义的高度，但我们还知道巨石跌入山谷有空响之美；冰冻三尺，证明了时间的意志，但我们还知道冰雪融化始见真情。

要我说，简兄的下一步写作也可以考虑做减法了。

（本文为《简笔》评论。作者曾念长，青年评论家，文学博士）

笔墨是江南的初夏

陈美者

读简福海的散文,我是惊喜的。分明是喧嚣尘世,不过一些庸常物事,落在简福海心里,却是雨滴、露珠、晨曦,温润、干净,散发着江南初夏阳光般的明媚。所以有时会恍惚,这些文字似乎是一个煮雪餐露之人,用工整小楷细细写下,纸上还散发着淡淡的墨香。

散文见襟怀。一颗干净、澄明的心,才能看得见周遭尘世这般的好。最难得,简福海远在异乡,谋职、结婚、生子、养家,但始终质地温良,待人诚恳,犹如玉石一样默默发着光。他是个热爱生活的人,并且能理解生活,善待年华,对日常、琐碎也能含情脉脉,温润的目光投注在许多旁人不曾注意的地方。他能看见一棵小小的芜荽,水的滴落,深夜的猫,衣裳脏乱内心干净的清洁工,一座许多人上班匆忙经过的乌山。与幼小的孩子在一起时,他也能乐在其中,始终以欣赏的目光注视着她,为她的一点小小改变而欢欣。

在《简笔》中,作家把他的童年、他的乡村、他居住的城、他走过的地,他关爱的人们,化成了"流年碎影""历史魅影""乡村背影"三章,勾画出了一幅优美的精神图景。其中,《遍地风流》《上下杭:泊在江边的恬梦》《门》《在乡间遗失一缸米酒》等文深得我心。特别是《门》,最为精彩。作者是在闽西的灵山秀水中长大,对田野和树木有着天然的感情,这形成了他个性中简朴和自然的一面,与此同时，闽西的风俗人情也为他的书写铺陈出历史感和厚重感。他的书写中，还体现了节制之美。情真意切之际，仍淡淡行文，留有韵味。在其他篇中，他的多情、善良也常常掩饰不住。作者写道："山河在，时光在，家在，亲人在，关爱在，也只有这一刻，才知内心有多温润。"

所以，《简笔》之中，尽是闲情雅致，尽是心灵的佳酿。作者走过时光，却不累积世俗的负担。他能在春天开满花的田野上听见鸟鸣，会在夏天的绿荫中闻到花香，一场不期而至的雨，他则想起唐诗宋词；他深爱柔软的水声，体谅楼上那个莽撞的邻居，童年里一个卖豆腐的人喊出的一声悠扬腔调叫他至今念念不忘。《简笔》就是这样，触摸到了生命的质感，教我们体察日常之美。他写得刚刚好，简单的物事，淡淡的笔墨，仿若不知岁月深的清新，"红消翠减，苒苒物华休"的质朴，却让我们明白，在此去经年的初夏里，我们不要金戈铁马，不要挥斥方遒。我们要人间烟火的香甜，要尘埃里开出花。我们也像作者一样去理解生活。生活它不是宿命，不是困局，而就是我们甘心承受的生活。

写散文的人，多半迷恋文字的美感，简福海也不例外。他写："黄昏里的乌山，宛如铺在尘世里的一截梦。"他写："不知何时滋长了青荷，清爽的田田新绿，猜不透最初的种子来自何处，但我更愿意相信是天上云朵的魂魄落在缸里了。"我不知道他是在怎样的情境中写下这样的文字，但都美得叫人不忍心打扰。

唯美之人，其实都有柔韧之心。因为谁不是在这尘世行走，谁不需要应付一日三餐的琐碎，谁不要接受物竞天择优胜劣汰的丛林法则。能够穿过时光而不积累岁月感，背后其实是有一颗很强大的内心在支撑。这颗心，它明确、明朗、明媚，所以，写出的笔墨是江南初夏的美好。

有诗人写道：让时光更接近时光，让爱更像爱，让生活更接近本质。读《简笔》时，我想起这几句话，心里唏嘘，真是再契合不过了。

（本文为《简笔》评论。作者陈美者，中国文艺评论家协会会员，福建省作家协会会员，福建省文联故事林杂志社编辑部主任）

《简笔》短评

《简笔》由万物世情外化之简入眼，以良善悲悯之心辨其气息、思其意蕴、究其丰繁，后会之于简，化于云淡风轻之娓谈，可谓妙文也。

——陈涛　文学博士，青年评论家，鲁迅文学院办公室主任

说是简笔，其实不简。简的是眼里的事物、事象，是琐碎的回忆与影像，是小得掉渣的角落与尘埃；不简的是缠绵细腻的心情与五彩缤纷的诗意，是不依不饶的追寻与揭微显隐的思索。作者以简入繁，以小见大，用他那颗敏感而细腻的诗心追寻着，发现着，从而打开了一个惊人的世界。至简中藏着大道，平常中蕴着不凡，这便是《简笔》的意义。

——傅翔　新锐青年评论家，国家一级作家

一天24小时，1440分，86400秒，对谁都一样公平。然而，业余时间，有人约朋友抽烟、喝酒、品茶，有人和亲朋好友打牌、聊天、逛街，也有人在时髦的云计算空间神游。福海在业余时间却热衷于与文字交流，和生活对话，收获的是亲情守护，滋润了生活心田。愿《简笔》滋润读者的生活，愿福海在文学的生活中滋润成海。

——何英　中国作家协会会员，中国音乐文学学会会员

或曰文如其人，或曰为文与成长环境相关，则福海散文与家乡"土楼王子"振成楼相适应。清新而精美，本真而灵动，传统而现代，朴拙严谨而意境高远。吾辈期待以客家大家视福海散文之未来，君其勉之。

——练建安　中国作家协会会员，福建省传记文学学会副会长，冰心文学馆副馆长

简福海先生散文集《简笔》，给我最深刻的阅读印象，是语言风格的温婉与细腻。这种温婉与细腻是一般作家难以把握的，却被简福海运用得淋漓尽致。他笔下的亲子之爱、故乡记忆、城市流年，经由这种语言风格的浸润和滋养，流露出一种别样的意味。

——伍明春　青年评论家，福建师范大学协和学院教授、硕导

福海笔下的时间，是一道精神的潜流；他笔下的事件，则像洪流中沉下来的石头，都有一种沧桑、痛彻的面貌。那些精微的场景，真切的体验，理性的感悟，以及那明澈、诚恳的文风，于一种妙观逸思之中，尽显历史的忧思和现实的关怀。小人物与大历史，沉重的话题与轻逸的表达，准确的细节与个体的情怀，汇于一炉，共同讲述着一个文化的原乡。

——谢有顺　著名评论家，中山大学中文系教授、博导

福海的散文让我看到沉实的力量。一种有乡俗根系的写作，而又富含文化气韵。不局限于书生意气，在叙述平稳中，亦可见豁达开阔的视野。

——小山　作家，《福建文学》编辑部主任

福海的文字自由率性，质朴清新，叙述从容淡定，感觉独到细腻。作品因简约而隽永、诗意而丰赡、悲悯而悠深。在作者善良敏锐的内心审视观照下，那些平凡庸常的事象都有了非同一般的价值意义，散发出温暖美好理性的光芒。我们有理由对作者持有更高远的期待。

——张冬青　中国作家协会会员，福建省作家协会秘书长

简单生活，简洁为文，是作者的姿态和宣言。福海厚积薄发育成的此书，与阳光和温暖同行，流露出对文字的敬畏和热爱、对美好生活的守护和向往。如是，"简笔"不简单。

——钟兆云　中国作家协会会员，福建省传记文学学会会长，
福州市作家协会主席

福海的一颗善良又热忱的心，化为文则沉实质朴，化为诗则飘逸洒脱。我与之合作成歌的机会并不多，但吟咏之间，已隐约感受到他坦荡的情怀和敏锐的心跳。

——章绍同　中国音乐家协会理事，中国电影音乐学会副会长，
福建省文联顾问，著名作曲家

手握寸笔　不负流光

我们与几张薄薄的档案并肩前行。在不断更迭的称呼里，相继老去，居然不知道岁月在我们小小的身体里，早已放进了焦虑、惶恐、失落和渴望。我们与社会开始有了碰撞、有了躲闪、有了追赶，当然偶尔也拥抱鲜花掌声和赞许目光。

在机关谋职，每天应付公文。通知、报告、请示、方案、简讯……严谨，重复，一律权威的腔调，一样规整的面孔。幸好，保留着逐渐被当下所遗弃的喜好，于八小时以外的工作边缘，可用时间碎片和散漫文字来宕开一笔，调节生活。只要自己愿意，在那片空地，可以种进一些属于自己的姿势、模型和轨迹。

所以，感谢文字，它陪我这个小人物度过了一些鸡零狗碎的岁月，假使工作上颗粒无收，至少还可用手中的笔去耕耘，随心所欲，管它青涩还是圆熟。寸笔在握，心有光明。从某种意义上说，写作改变了我的生活——借由文字的航船，我的心灵可通达任何一个它想去的港口，快乐而充实，让幸福一次次刷新与升温；甚至连工作轨迹都多次朝着某个方向发生改变，这算不算文字为我小小的梦想搭了一把梯子？

我医学院校毕业，换了若干个城市和单位，兜兜转转，最终来到了宣传部门，七弯八绕光影斑驳的轨迹，在幸运之外，未尝没有文学的召唤和牵引。虽然，今天可能离文学依然遥远，但至少与文字靠得很近。阅读，陶冶，思考，享受，创作，发表，获奖，入会，出书……一点一滴的收获和激励，使我一次次重温最初的梦想。

许多个夜晚，天上点着一枚月亮，桌前点着一盏台灯，除此，整个世界都熄灭了。在那些时刻，总是清晰听见自己的心跳，犹如近旁榕树根系的窸窣与呼吸，恍知，阅读写作好比垒砌纸上江山，于我的身份：是命运也是邂逅，是一种投入也是一种浅出，是全部也是局部，是一种停留更是一种延伸。确切说，它已成为我生命里重要部分的置放和滋养，是我想往日深的逗留和无法拔除的沉浸，也是我人生某个时段的出发，出发，再出发……

时光很浅，岁月很深，春意总阑珊。此时的窗外，正是繁盛初夏墙垣上攀附的青藤。时光缓缓如河，幽暗穿过，一切终究泛黄深埋，比如这一墙丹藤翠蔓，深秋或者初冬也一样逃不过凋枯的命运，死亡是其唯一停留时间的方法。而我们历经的流年短景，依凭什么让它驻留？——文字吗？就我而言，它是最好的方式之一。

与世无争的安然也好，汪洋如海的深情也罢，内心总会闪现火花，生活中也总有些凡常故事具备丰赡细节，期冀通过叙述的张力紧紧牵拽它们，从而让它们不在光阴里走失，好好活在时间的长度上。

薄情与深情同在的我，思想可能像南方的天气，直截、简约，时暖时寒、阴晴交替。我隔段写一篇文章，或长或短，蚕丝细吐，锱铢暗积，分期付款似的表达自己的情感和思想。是啊，多少个宁谧的深夜，月光沙沙地飞落纸上，谜一样，带着孤冷的香，凝成文字。每一个文字都是月光的化身，被洁白的纸张抱养和宠爱。

照例是学习、工作、结婚、生子，日升月落，流水行云，一切都平铺直叙，偶尔无法把控。我有时羡慕我的文字，它们在没有谁横加的指点、无端的催促下自由游移、成长，一旦脱离了笔端，又总开始独立的生命历程。它们独自去流浪，那么洒脱，甚至不需要我操心：它们抵达哪位主编手里？以什么样的字体和版式呈现？靠何种方式流通？钻进哪盏灯下？进入了谁的眼谁的心？或者高束于何扇书橱？埋没在哪堆尘埃之中？最后又终结于哪个废品收购站？

轻云微漾，墨痕淡。文章全是发表过的旧作，现今翻动，不忍卒读，但还是自恋地将它们东一篇西一篇地细细找寻、搜罗进来，好比吹响集结号，将蒲公英般失散多年的兄弟姐妹聚拢到一个屋檐下，让他们彼此依偎取暖。毕竟，这些拙作装满很多故事，且在过去的时光变成铅字纸本，必将继续经历更多故事。只是不知道，因为这些文字的存在，映射出来的我，到底是更显真实，还是更加疏远。

感觉里，世间有两种东西能让我们瘦弱的身子放大——太阳下的影子，或者夜里的梦。集子一分为三，刻意让"影"子晃来晃去，如同唆使温顺的猫展开肉垫来回逡巡或不声不响地躺在脚边，以稳稳的安宁，抵抗长长的孤清。第一辑"流年碎影"记录的是我生命中流散的过往和摇曳的心事。历史留下的传奇绝笔及由此引发的些微思索，则剪窗花似的一刀刀刻镂，细心粘贴于第二辑"历史魅影"。第三辑"乡村背影"，意在打捞渐行渐远的故庄旧事和乡土情怀。我想：天大地大，一切美好都这般沉默如影，静立身后，不会劈头迎见，但只要脚步向前，它便一路相随，忠贞不移。

从体例上考虑，我将诸篇文章用三"影"分辑排列，并将散在书头书尾的简评、序言、附录、后记等拢在一块，构成非辑之辑，以"part n"示之——"n"可为任何数字的指代，并冠以"灯窗剪影"之名。举措如此，只不过是讨巧求便的编排，并无特别的匠心与玄奥的逻辑。目的很简单，就是希望让书本看起来更具结构层次，让读者翻起来更有节奏脉络。当然，我知道：读者是不会受这"影"那"影"所影响的，只会翻开他感兴趣的那一篇，甚至风吹哪页便是哪页。

经常欢乐，偶尔忧伤，时而孤独，永远心怀感恩。这描画的可能是你，但也是我。一路走来，我始终感念阳光的照临：百忙之中泚笔作序的张胜友、黄文山前辈；热情寄语作评的何英、章绍同、谢有顺、张冬青、钟兆云、傅翔、练建安、吴钧尧、陈涛、小山、伍明春、曾念长、陈美者等各路名家；热忱提供美术指导的著名画家宋展生先生；精心帮我配插画的朱姝老师，为我提供5幅插图的童思瑶；给予支持的出版方和辛劳的编辑。一路走来，我亦深情地珍重那一双双温暖有力的手：牵拉着我心坚意定走在出版此书之路的我的领导、同事、朋友、家人……

饱沐垂爱的我，在此一一颔首致谢！

谁拿文字锅中煮？至少，我没这本事。但我热爱它，并渴望发自内心微小的文字，能够在某些时刻打动某些人。这是我以文自娱之外的一点想法。然而，除了真诚，别无所长。

光影流年，尽管尘埃漫染，因着文字，也会隐隐透出暖意。愿把这份暖意传递给您，汇成春风万里。

2015年5月

（本文为《简笔》后记）

图书在版编目(CIP)数据

停留在某个夜晚的声音/简福海著. —福州：海峡文艺出版社,2023.8
（潮汐散文丛书）
ISBN 978-7-5550-3399-8

Ⅰ.①停… Ⅱ.①简… Ⅲ.①散文集－中国－当代 Ⅳ.①I267

中国国家版本馆 CIP 数据核字(2023)第 145649 号

停留在某个夜晚的声音

简福海　著

出 版 人	林　滨
责任编辑	蓝铃松
出版发行	海峡文艺出版社
经　　销	福建新华发行(集团)有限责任公司
社　　址	福州市东水路 76 号 14 层
发 行 部	0591－87536797
印　　刷	福建新华联合印务集团有限公司
厂　　址	福州市晋安区福兴大道 42 号
开　　本	720 毫米×1010 毫米　1/16
字　　数	160 千字
印　　张	12.25
版　　次	2023 年 8 月第 1 版
印　　次	2023 年 8 月第 1 次印刷
书　　号	ISBN 978-7-5550-3399-8
定　　价	68.00 元

如发现印装质量问题,请寄承印厂调换